Narratori ◆ Feltrinelli

Yukio Mishima
Vita in vendita

Traduzione e Postfazione di Giorgio Amitrano

Titolo dell'opera originale
命売ります
(*Inochi urimasu*)

© 1968 The Heirs of Yukio Mishima
All rights reserved

Traduzione dal giapponese di
GIORGIO AMITRANO

© Giangiacomo Feltrinelli Editore Milano
Prima edizione ne "I Narratori" marzo 2022
Seconda edizione aprile 2022

Stampa Grafica Veneta S.p.A. di Trebaseleghe - PD

ISBN 978-88-07-03267-7

www.feltrinellieditore.it
Libri in uscita, interviste, reading,
commenti e percorsi di lettura.
Aggiornamenti quotidiani

Avvertenza

Per la trascrizione dei nomi giapponesi è stato adottato il sistema Hepburn, secondo il quale le vocali sono pronunciate come in italiano e le consonanti come in inglese. Si noti inoltre che:
ch è un'affricata come la c nell'italiano *cesto*
g è sempre velare come in *gatto*
h è sempre aspirata
j è un'affricata come la g nell'italiano *gioco*
s è sorda come in *sasso*
sh è una fricativa come sc nell'italiano *scelta*
w va pronunciata come una u molto rapida
y è consonantica e si pronuncia come la i italiana.
Il segno diacritico sulle vocali ne indica l'allungamento.
Seguendo l'uso giapponese, il cognome precede sempre il nome (fa qui eccezione il nome dell'autore).
Per il significato dei termini giapponesi si rimanda al Glossario in fondo al volume.

1.

Quando Hanio si svegliò, intorno a lui tutto era talmente abbagliante che pensò di essere in paradiso. Ma aveva un forte dolore alla nuca, ed era improbabile che in paradiso si potesse avvertire un dolore alla nuca.

La prima cosa che vide fu una grande finestra di vetro smerigliato. Una finestra priva di ogni decorazione, al centro di uno spazio biancastro.

"Ha ripreso conoscenza," disse qualcuno. "Ottimo. Il pensiero di avere salvato una vita mi terrà di buon umore per l'intera giornata."

Hanio aprì gli occhi. Un'infermiera e un uomo tozzo, con l'uniforme dei vigili del fuoco, erano in piedi davanti a lui.

"Non si muova, resti così. Non deve fare movimenti bruschi," disse l'infermiera tenendogli ferme le spalle.

Hanio capì che il suo tentativo di suicidio era fallito.

Aveva ingerito una gran quantità di sonniferi sull'ultimo treno del servizio ferroviario metropolitano. Anzi, per la precisione aveva mandato giù i sonniferi a una fontanella della stazione e poi era salito sul treno. Si era steso sui sedili vuoti, e da quel momento non ricordava più nulla.

Non era stato un suicidio lungamente meditato. Il desiderio di morire era nato in lui all'improvviso, quella sera, nello snack bar dove cenava sempre, mentre leggeva il giornale.

Scoperta una spia tra i funzionari del ministero degli Esteri.
L'Associazione di amicizia sino-giapponese coinvolta in una triplice retata.
Annunciate le dimissioni del segretario alla Difesa McNamara.
Allerta smog nell'area metropolitana di Tōkyō all'inizio dell'inverno.
Chiesto l'ergastolo per Aono, autore dell'esplosione all'aeroporto di Haneda per l'efferatezza del crimine.
Camion invade un binario, scontro con treno merci.
Impiantata con successo su una bambina la valvola aortica di una persona deceduta.
Rapina in una banca di Kagoshima, bottino di novecentomila yen.
(Edizione serale del 29 novembre)

Erano le solite notizie di routine: nulla di rilevante.
Nessuno di quegli articoli lo aveva minimamente turbato.
Eppure, all'improvviso, gli era balenata l'idea di suicidarsi: così, come gli sarebbe potuto venire in mente di fare un picnic. Ma a voler trovare una spiegazione a ogni costo, l'unica possibile è che avesse tentato il suicidio proprio perché non aveva nessuna ragione di farlo.
Non aveva avuto delusioni amorose e, se anche ci fossero state, Hanio non era tipo da uccidersi per questo. Né aveva particolari problemi economici. Di professione faceva il copywriter. Anche lo slogan per la pubblicità televisiva della medicina Sollievo contro la gastrite, della ditta farmaceutica Goshiki, era opera sua.
Prendimi, sono Sollievo/ bruciore e gonfiore/all'istante ti levo.

Il suo talento era così apprezzato che avrebbe potuto mettersi in proprio senza alcuna difficoltà, ma non ne aveva nessuna intenzione. Lavorare per la Tōkyō Ad gli garantiva un buono stipendio e ciò gli bastava. E fino al giorno prima era stato un dipendente serio e affidabile.

Poi a un tratto gli venne in mente: una ragione per tentare il suicidio c'era stata.

Mentre leggeva, a causa della posizione scomposta, le pagine interne del giornale gli erano cadute dalle mani, scivolando sotto al tavolo. Le aveva guardate come un serpente pigro potrebbe guardare la sua pelle sfilarsi dal corpo. Poi, subito dopo, aveva pensato di doverle tirare su. Avrebbe anche potuto lasciarle a terra, ma le raccolse. Forse solo per il rispetto di una convenzione sociale, o magari, chissà, per una decisione di ordine superiore, come se con quel gesto avesse voluto ristabilire l'ordine sulla terra.

Fatto sta che si chinò sotto quel piccolo tavolo traballante e allungò la mano.

In quel momento vide qualcosa di estremamente sgradevole.

Sulle pagine cadute stava, immobile, uno scarafaggio. Ma nell'istante stesso in cui lui allungò la mano, quell'insetto lucido color mogano, con incredibile rapidità, fuggì, scomparendo tra i caratteri stampati del giornale.

Ciononostante, lui raccolse le pagine e posò sul tavolo quella che stava leggendo poco prima. Ma quando fece per riprendere la lettura, i caratteri si trasformarono in altrettanti scarafaggi. Fuggivano davanti ai suoi occhi mostrando il dorso di un marrone rossastro sgradevolmente luccicante.

"Ah, è questo il meccanismo che regola il mondo," pensò.

Fu una rivelazione improvvisa. E nello stesso istante fu colto da un irresistibile desiderio di morire.

O forse no, non era vero, tutto questo sapeva troppo di spiegazione.

Non era stato animato da un proposito così preciso. Semplicemente, aveva pensato che se i caratteri del giornale si trasformavano tutti in scarafaggi, vivere non aveva più senso, e allora la sua mente era stata invasa dal pensiero della morte. Come lo strato di neve che si accumula su una cassetta rossa della posta, da quel momento la morte lo ricoprì senza lasciare un solo spiraglio.

Poi fu preso da una certa allegria, andò in una farmacia a comprare dei sonniferi, ma poiché non gli andava di mandarli giù subito, vide tre film di seguito, quindi fece un salto in un bar per single dove andava ogni tanto. La ragazza che sedeva accanto a lui, grossa di corporatura e dall'aria particolarmente ottusa, non lo ispirava per niente, eppure, suo malgrado, provò il desiderio di confidarle: "Tra poco io sarò morto".

Premette leggermente il gomito contro quello pingue di lei. La ragazza, dopo avergli lanciato un'occhiata, si girò verso di lui sulla sedia con fare indolente, come se quel movimento le costasse grande sforzo. Poi gli rivolse un sorriso scipito e privo di grazia.

"Buonasera," disse Hanio.
"Buonasera."
"Sei bella."
"Eh eh," ridacchiò lei.
"Vediamo se indovini cosa sto per dirti."
"Eh eh," ridacchiò di nuovo la ragazza.
"Scommetto che non te lo immagini nemmeno."
"Be', un'idea potrei anche averla."
"Stasera, tra poco, mi ucciderò."

La ragazza, invece di mostrarsi stupita, rise spalancando la bocca. Sempre ridendo, si buttò un pezzetto di seppia essiccata in gola e, masticando, continuò a ridere. Quell'odore di seppia essiccata arrivava fino al naso di Hanio.

Subito dopo fu raggiunta da un amico; la ragazza agitò

la mano verso di lui con un gesto esagerato, si alzò e si allontanò da Hanio senza nemmeno un cenno di saluto.

Anche Hanio si alzò e uscì dal locale da solo, stranamente seccato che l'annuncio della sua morte non fosse stato preso sul serio.

Era ancora presto, e poiché ci teneva a prendere l'ultimo treno come aveva deciso di fare, doveva pensare al modo di ammazzare il tempo. Entrò quindi in un locale di *pachinko* e si mise a giocare. Cominciò subito a vincere: dalla macchina le biglie fuoriuscivano a cascata. Il fatto che cadessero così copiose nonostante la sua vita stesse per finire gli sembrò una presa in giro.

Poi finalmente giunse l'ora dell'ultimo treno.

Hanio passò dal controllo biglietti, alla fontanella mandò giù i sonniferi, infine salì sul vagone.

2.

Davanti a Hanio che non era riuscito a uccidersi si apriva un mondo inaspettatamente vuoto, stupendo e libero.

Da allora la sua routine quotidiana, che fino a quel momento sembrava destinata a riprodursi all'infinito, si interruppe e lui ebbe la sensazione che qualsiasi cosa fosse diventata possibile. I giorni non si ripetevano più: ogni sera morivano. Lui riusciva chiaramente a vederli, in fila uno accanto all'altro come cadaveri di rane che mostrano la pancia bianca.

Si dimise da Tōkyō Ad, ed essendo l'agenzia in prospere condizioni economiche, ricevette anche una cospicua buonuscita. Ciò gli dava la libertà di vivere la sua vita senza dipendere più da nessuno.

Pubblicò un annuncio sulla rubrica "Offerte di lavoro" di un quotidiano di scarso prestigio. Il testo diceva:

Vita in vendita. Ventisettenne di sesso maschile. Uso a discrezione dell'acquirente. Si assicurano massima serietà e riservatezza.

Seguiva l'indirizzo. Sulla porta di casa sua attaccò un cartello con su scritto, in caratteri eleganti:

Yamada Hanio
Life for sale

Il giorno in cui uscì l'annuncio non si presentò nessuno. Ma da quando aveva smesso di andare al lavoro, Hanio non sapeva più cosa fosse la noia. Passava quelle giornate vuote sdraiato, guardando la televisione o immerso in fantasticherie.

Mentre lo trasportavano in ambulanza al pronto soccorso, lui era completamente privo di coscienza, quindi in teoria non avrebbe dovuto ricordare nulla, eppure, stranamente, ogni volta che sentiva la sirena di un'ambulanza si risvegliava in lui nitida la memoria di sé dentro la vettura. Era disteso sulla lettiga, russava rumorosamente, accanto a lui sedeva un vigile del fuoco in camice bianco che lo teneva fermo con la coperta in modo che i sobbalzi dell'auto non lo facessero cadere. Ricordava chiaramente tutto, perfino che il vigile del fuoco aveva un neo piuttosto grande su un lato del naso.

"Eppure," pensò. "Quanto è vuota questa nuova vita! È come una stanza senza mobili."

La mattina seguente qualcuno bussò alla porta del suo appartamento.

Aprì. Davanti a lui c'era un uomo anziano, piccolo di statura e dall'abbigliamento curato. L'uomo si guardò alle spalle, quindi entrò e richiuse in fretta la porta dietro di sé.

"È lei il signor Yamada?"
"Sono io."
"Ho letto l'annuncio sul giornale."
"Prego, si accomodi."

Hanio lo guidò verso un angolo della stanza, arredata con tavolo e sedie nere e tappeto rosso, nel tipico stile di una persona che lavora nel settore del design.

Il vecchio fece un inchino e si sedette, facendo un rumore con la lingua che sembrava il sibilo di un cobra.

"È lei la persona che ha messo in vendita la sua vita?"
"Esatto."

"A vederla, sembra un uomo giovane, di condizioni agiate. Cosa l'ha portata a fare questa scelta?"
"Cerchiamo di evitare domande superflue."
"Come vuole. Allora mi dica, a che prezzo vende la sua vita?"
"Mi affido alla volontà del cliente."
"Mi sembra un atteggiamento irresponsabile. La vita è sua, almeno il prezzo lo decida lei. Cosa farebbe se le offrissi 100 yen?"
"Nel caso, potrei anche accettare."
"La prego, non diciamo sciocchezze."
Il vecchio tirò fuori un portafogli dal taschino, ne estrasse cinque banconote nuovissime da 10.000 yen e le aprì a ventaglio come fossero carte da gioco.
Hanio prese i 50.000 yen con il volto impassibile.
"Allora, dica pure quello che vuole. Non farò obiezioni."
"Molto bene," disse il vecchio, tirando fuori una sigaretta con filtro. "Ne vuole una? Con queste, non si rischia il cancro ai polmoni. Ma immagino che un uomo che vende la sua vita si preoccupi poco del cancro ai polmoni.

Quello che dovrebbe fare è semplice.

Mia moglie, o per essere più precisi la mia terza moglie, ha ventitré anni. Tra noi due c'è esattamente mezzo secolo di differenza.

È una donna splendida. I suoi seni puntano in direzioni diverse, come due piccioni che si tengono il broncio. Lo stesso vale per le labbra. Il labbro di sopra è rivolto all'insù, quello di sotto all'ingiù: labbra scontrose, eppure così languide e dolci. Il corpo è di una bellezza indescrivibile. Le gambe poi, non ne parliamo. Adesso pare che vadano di moda gambe magre come stecchi, malaticce, ma le sue sono floride nelle cosce e affusolate alle caviglie: un vero capolavoro. Anche il sedere ha una forma stupenda: due morbide colline

come quelle che lasciano in primavera le talpe dopo aver scavato nel prato.
Però la mia signora mi ha messo da parte, ha cominciato ad andare in giro per i fatti suoi e ora se la fa con un asiatico. Un brutto ceffo, un vero delinquente, uno che è proprietario di quattro ristoranti e che per questioni di controllo del territorio ha fatto fuori due o tre persone. Quello che le chiedo è di abbordare mia moglie, portarsela a letto, e fare in modo che l'asiatico vi colga in flagrante. Lei finirà ammazzato, e probabilmente anche mia moglie. Che ne dice? In questo modo io sarò soddisfatto. Tutto qui. Sarebbe capace di morire così?"

"Hmm." Hanio, dopo avere ascoltato con aria annoiata, disse: "Ma è sicuro che tutto andrà secondo il copione che si è fatto? Il suo sogno è vendicarsi, ma non ha pensato che sua moglie potrebbe essere felice di morire con me nel massimo del piacere? In quel caso, lei come la prenderebbe?".

"Mia moglie non è una a cui piacerebbe morire. In questo è l'opposto di lei. Anzi, è avida di vita. Ce l'ha scritto in ogni parte del corpo, come una formula magica."

"In base a cosa lo dice?"

"Lo capirà presto anche lei. Comunque, quello che le chiedo è di morire, e di farlo bene. C'è bisogno di scrivere un contratto?"

"No, non è necessario."

L'uomo fece di nuovo quel rumore con la lingua. Stava pensando a qualcosa.

"Ha richieste per me? Cose da sbrigare per lei dopo che sarà morto?"

"No, niente di particolare. Non mi serve un funerale né una tomba né nient'altro. Be', in effetti una cosa ci sarebbe. Ho sempre desiderato avere un gatto siamese, ma sono stato pigro e così alla fine non l'ho mai preso. Una volta che sarò morto, se volesse prendere un gatto siamese al posto mio, le sarei molto grato. E vorrei che gli mettesse il latte non in un piatto normale, ma – questa è l'immagine che ho in mente – in una pala, e glielo facesse bere. Dopo che il gatto avrà bevuto uno o due sorsi vorrei che con la pala gli facesse schizzare il latte sul mento. Così il suo muso sarà tutto bagnato di latte. Vorrei che lo facesse almeno una volta al giorno. È una cosa importante, la prego di non dimenticarsene."

"Ma cosa sta dicendo? Non la seguo."

"Perché vive in un mondo troppo normale. Anche nella sua richiesta di oggi non c'è un minimo di immaginazione. A proposito, se ne uscissi vivo dovrò restituirle i 50.000 yen?"

"Non sarà necessario. In quel caso però voglio assolutamente che uccida mia moglie."

"Diventerebbe un omicidio su commissione."

"Be', sì, diciamo così. In ogni caso ciò che chiedo è che quella donna sparisca dalla faccia della terra, e non voglio sentirmi in colpa nemmeno un po'. Con tutto quello che ho passato, dovermi pure sentire in colpa mi sembra troppo. Allora, vorrei che cominciasse ad agire già da stasera. Se ci fossero spese accessorie mi faccia sapere: provvederò io."

"Per cominciare ad agire, dove devo andare?"

"Prenda questa mappa. In cima alla salita c'è un condominio di lusso che si chiama Villa Borghese. L'appartamento è il numero 865. Dovrebbe essere un attico piuttosto elegante. Non so dirle quando la troverà lì. D'ora in poi dovrà sbrigarsela da solo."

"Sua moglie come si chiama?"

"Kishi Ruriko. Ruri si scrive in *hiragana*. Kishi si scrive come il nome del primo ministro," disse il vecchio, il viso alterato dall'eccitazione.

3.

Il vecchio se ne andò, ma dopo aver chiuso la porta dietro di sé tornò indietro. Ciò che disse era più che ragionevole, per uno che aveva appena comprato la vita di una persona:
"Ho dimenticato una cosa importante. Lei non dovrà dire a nessuno chi è il suo cliente e tantomeno che ha agito su mia richiesta. Una persona che mette in vendita la sua vita, voglio sperare che abbia un minimo di etica professionale".
"Su questo può stare tranquillo."
"Può farmi una dichiarazione scritta?"
"Non dica stupidaggini. Rilasciarle una dichiarazione scritta equivarrebbe a dichiarare che ho eseguito un lavoro su commissione."
"Anche questo è vero."
Il vecchio, colto da preoccupazione, rientrò strisciando nella stanza, con un sibilo prodotto dalla sua dentiera malfatta.
"Allora come posso crederle?" chiese.
"O si fida totalmente di me, oppure vuol dire che mette in dubbio tutto. Per quanto mi riguarda, il fatto che lei sia venuto qui e mi abbia dato dei soldi è stata una prova che al mondo esiste la fiducia. Mi stia a sentire. Io, a parte la richiesta che mi ha fatto, di lei non so né chi è né da dove viene. Non le basta questo per sentirsi tranquillo?"

"Sciocchezze. È chiaro che Ruriko parlerà."
"Può darsi. Ma anche in quel caso, a me non interessa niente."
"Sarà. Io di gente ne ho conosciuta tanta, e penso di potermi fidare della sua faccia. Se dovesse avere bisogno di altri soldi, mi lasci un messaggio sulla lavagna all'uscita centrale della stazione di Shinjuku. Scriva qualcosa tipo 'Aspetto i soldi. Domani mattina alle otto. Life'. Io tutte le mattine giro per i grandi magazzini, ma siccome stare in attesa che aprano è noioso, preferisco che ci vediamo sul presto."

Il vecchio prese congedo e uscì, seguito da Hanio.
"Dove sta andando?"
"Mi sembra ovvio. A Villa Borghese, appartamento 865."
"Vedo che non perde tempo."

Hanio si ricordò e girò il cartello *"Life for sale"*. Sul retro c'era scritto "Venduta".

4.

Villa Borghese era un edificio bianco in stile italiano che si stagliava in cima a una salita con tante case addossate le une alle altre in modo disordinato. Lo individuò subito da lontano, senza bisogno di consultare la mappa.

Hanio lanciò un'occhiata alla portineria, ma poiché all'interno c'era solo una sedia vuota, proseguì senza fermarsi in direzione dell'ascensore che si vedeva in fondo. Gli sembrava di camminare senza seguire la propria volontà, come se fosse manovrato da fili. Si sentiva allegro, libero da responsabilità, un uomo diverso da quello che era prima del tentativo di suicidio. La vita si era fatta di colpo leggera.

Arrivato al settimo piano di quel condominio immerso nel silenzio mattutino, trovò subito la porta dell'appartamento n. 865. Premette il campanello, e sentì il suo piacevole din-don risuonare all'interno.

Forse non c'era nessuno?

Ma l'intuito suggeriva a Hanio che la donna quella mattina fosse in casa, e da sola. Era probabilmente l'ora in cui, dopo che il suo amante era uscito, era tornata a letto e adesso dormiva profondamente.

Forte di questa intuizione, Hanio continuò a premere il campanello a lungo, con insistenza.

Poi finalmente sentì che qualcuno si avvicinava. La porta

si aprì, ma solo di poco a causa della catenella, e il viso stupito della donna apparve inquadrato nello spiraglio. Indossava una camicia da notte, ma il viso non era quello di una persona che si è appena svegliata: i lineamenti non mostravano alcun gonfiore, e apparivano nitidi. Le labbra erano come da descrizione: labbro superiore rivolto all'insù, inferiore all'ingiù.

"Lei chi è?"

"Sono della compagnia assicurativa Life for sale. Volevo sapere se è interessata a un programma di assicurazione sulla vita."

"No, non sono interessata. Non mi serve nessuna assicurazione."

Nonostante il tono brusco della risposta, la donna non aveva chiuso la porta, il che faceva pensare che un po' di curiosità l'avesse. Nel frattempo Hanio, con la tecnica di un venditore a domicilio, aveva infilato il piede nella fessura della porta.

"Non cercherò di convincerla. Vorrei solo poterle parlare. Le prenderò poco tempo."

"Meglio di no, mio marito si arrabbierebbe. E poi non sono nemmeno vestita."

"Se è per questo, potrei tornare tra una ventina di minuti."

"Mah..." La donna rifletté un istante. "Allora nel frattempo provi a passare da qualche altro appartamento. Mi suoni di nuovo tra venti minuti."

"D'accordo."

Hanio ritirò il piede e la porta si chiuse.

Aspettò per venti minuti seduto su un divano vicino alla finestra in fondo al corridoio. Da lì si godeva la vista del quartiere sotto i raggi luminosi del sole invernale. Aveva la chiara percezione che quel quartiere fosse infestato da termiti brulicanti che lo stavano divorando. Sicuramente le persone si scambiavano frasi del tipo "Come va il lavoro?", "Come sta sua moglie? E i bambini?", oppure "La situazione internazionale si sta facendo sempre più tesa". Ma nessuno si accorgeva di come queste parole avessero perso ormai ogni senso.

Dopo aver fumato due, tre sigarette, tornò a bussare all'appartamento.

Questa volta la porta si aprì subito e la donna, che indossava un abito verde chiaro dalla scollatura profonda, lo invitò a entrare.

"Gradisce un tè? O preferisce qualcosa di alcolico?" gli chiese.

"Per un agente assicurativo, è un trattamento davvero di riguardo."

"Che lei lavori per le assicurazioni è un'evidente bugia. L'ho capito appena l'ho vista. Se vuole recitare, deve farlo un po' meglio."

"D'accordo. Allora accetto con piacere una birra."

Ruriko gli strizzò l'occhio sorridendo, quindi attraversò la stanza e sparì in cucina, lasciandogli l'impressione di un sedere un po' voluminoso per il suo corpo sottile.

Poi i due brindarono con la birra.

"Insomma, si può sapere chi è lei?"

"Diciamo che sono l'uomo della consegna del latte."

"Non mi prenda in giro. Immagino che sia venuto sapendo che questo è un posto pericoloso."

"No."

"Allora chi le ha chiesto di venire?"

"Non me l'ha chiesto nessuno."

"Strano. Mi vuole far credere che ha suonato il primo campanello che ha trovato, e guarda caso si è trovato una pupa sexy come me."

"Be', praticamente è così."

"Che uomo fortunato! Purtroppo non ho niente per ac

compagnare la birra. Forse di prima mattina le patatine fritte con la birra non vanno bene, che dice? Ah, dovrebbe esserci del formaggio."

La donna andò a passi rapidi a guardare nel frigorifero. Dalla cucina la sentì esclamare: "Ah, si è proprio gelata!".

Tornò nella stanza con un piatto di insalata, sulle cui foglie intravide un oggetto nero.

"Prego, assaggi questa," disse.

Si era messa alle sue spalle, cosa che gli sembrò strana.

Subito dopo Hanio sentì che da dietro gli veniva schiacciato contro la guancia qualcosa di freddo. Con la coda dell'occhio vide che era una pistola. Non provò nessuna particolare sorpresa.

"Non trova anche lei che sia proprio gelata?"

"Decisamente. La tiene sempre in frigorifero?"

"Sì. Detesto le armi tiepide."

"Si capisce che è un'intenditrice."

"Non ha paura?"

"Direi di no."

"Non mi prende sul serio perché sono una donna. Va bene, siccome la farò confessare senza fretta, intanto può bere la birra e recitare le sue preghiere."

Ruriko gli staccò con cautela la pistola dalla guancia e, facendo un lungo giro, si sedette sulla sedia dal lato opposto al suo. Teneva la pistola ancora puntata verso di lui. Hanio notò divertito che mentre la sua mano che teneva il bicchiere con la birra era perfettamente immobile, quella di Ruriko era scossa da un forte tremito.

"Ti sei mimetizzato bene. Da quale paese dell'Asia provieni? Quanti anni sono che sei in Giappone?"

"Vuole scherzare? Sono un giapponese autentico."

"Bugiardo. È evidente che sei una spia di mio marito. Ti chiamerai Kin o Li."

"Posso sapere su che cosa si basa questa sua fantasia?"

"Vedo che mantieni la calma. Questo conferma che non fai un lavoro qualunque. Allora mi costringi a spiegarti quello che probabilmente già sai. Mio marito è geloso in modo assurdo, e appena ieri sera per dei sospetti totalmente infondati mi ha tormentato, e vedo che alla fine ha deciso di mettermi alle calcagna uno dei suoi accoliti. Ma non si è accontentato di farmi sorvegliare a distanza, no, ha avuto la sfacciataggine di farti venire in casa per tentare di sedurmi, mettendomi alla prova. Però non sarà facile come credi. Avvicinati di un solo passo e ti sparo. D'altra parte, a darmi questa pistola per difendermi è stato lui, e certo vorrà che la usi come si deve... Oppure chissà, magari ti ha spinto a venire qui senza che tu ne sapessi niente. In questo caso chi è finito in trappola sei tu. Non sai che sei stato scelto per il compito di farti ammazzare, provando così che sono una donna virtuosa."

"Ah sì?" disse Hanio sollevando lo sguardo verso di lei con aria noncurante. "Se proprio devo essere ammazzato, preferirei che fosse dopo essere stato a letto con lei. Se accetta di venire a letto con me, le prometto che dopo mi farò ammazzare tranquillamente."

La crescente irritazione di Ruriko si manifestò agli occhi di Hanio chiara come le curve di livello in una carta topografica.

"Vedo che niente ti sorprende, eh? Non sarai mica un uomo dell'ACS?"

"ACS? È il nome di un'emittente televisiva?"

"Non fare il finto tonto. Parlo dell'Asia Confidential Service. Sei uno di loro, no?"

"Capisco sempre meno."

"Capisco io. Avrei fatto un'idiozia. Ero sul punto di ammazzare una persona e diventare prigioniera di mio marito per tutta la vita. Si è inventato un piano romantico per trasformarmi in una docile mogliettina. Prima mi avrebbe fatto uccidere un uomo per difendere la mia castità, poi lui, che è una delle cinque persone in Giappone con il potere di nascondere gli assassini, mi avrebbe tenuto in gabbia per il resto della mia vita. Era questo che aveva in mente. Mi vengono i brividi. Se sei dell'ACS perché non l'hai detto subito?"

Ruriko, ormai convinta della sua idea, gettò la pistola su un cuscino lì accanto.

"Se sei dell'ACS, potevi dirlo subito," ripeté.

Per evitare altre complicazioni, Hanio decise di assumere il ruolo di uomo dell'ACS.

"E così lavori per lui. Non sapevo che 'assicurazione sulla vita' fosse una vostra parola in codice. Almeno questo potevi dirmelo. Comunque, la tua recitazione è stata pessima. In ACS devi essere ancora un principiante. Quanti mesi di addestramento hai fatto?"

"Sei."

"Troppo pochi. E in così poco tempo hai potuto impadronirti delle lingue del Sudest asiatico e di vari dialetti cinesi?"

"Più o meno," fu costretto a rispondere lui, cercando di mantenersi sul vago.

"Però bisogna ammettere che hai coraggio. Ammirevole," si complimentò Ruriko, visibilmente sollevata. Si alzò e diede uno sguardo fuori, alla terrazza, dove c'era un set da giardino composto da una sedia e un tavolo. La vernice bianca della sedia era scrostata e sui bordi del tavolo di vetro tremavano gocce di pioggia residua del giorno prima.

"Quanti chili ti ha chiesto di trasportare, mio marito?"

Hanio, non avendo la minima idea di ciò a cui si riferiva, rispose:

"Questo non posso dirlo", quindi fece uno sbadiglio.

"In Laos l'oro costa molto meno," disse lei. "Comprandolo al prezzo di Vientiane e portandolo in Giappone, ci si guadagna almeno il doppio. Qualche tempo fa un altro dell'ACS ha fatto una cosa grandiosa. Ha sciolto l'oro in acquaragia, lo ha portato in una dozzina di bottiglie di Scotch, e poi lo ha trasformato di nuovo in oro. Non è incredibile che si possa fare una cosa del genere?"

"La gente inventa chissà quali prodezze, ma alla fine sono tutte balle. Allora se è per questo, anch'io sono venuto calzando scarpe d'oro rivestite di coccodrillo. Non le dico il freddo ai piedi!"

"Le scarpe sarebbero quelle?" chiese Ruriko guardando i piedi di Hanio, visibilmente incuriosita. Non riuscì a scorgere nessun segno del peso o della lucentezza dell'oro, ma lui approfittò del fatto che lei avesse abbassato lo sguardo per spiare la valle profonda che si apriva nel petto di lei. A formare quella valle profonda e bianca, velata di cipria, erano i seni, rivolti in direzioni opposte come aveva detto il vecchio, ma spinti verso il centro dall'abito che ne fasciava le forme. Ruriko doveva avervi passato sopra la cipria. Hanio fantasticò che se l'avesse baciata lì, sarebbe stato come sprofondare il naso in una nuvola di borotalco.

"Ma come si fa a importare clandestinamente le armi americane dal Laos?" riprese Ruriko. "Le fate passare da Hong Kong? Che spreco di energie! Basta andare alla base militare di Tachikawa: lì vicino di armi americane se ne trovano quante ne vuoi."

Hanio la ignorò e chiese:

"A proposito, quando torna suo marito?".

"Passerà verso l'ora di pranzo. Dovrebbe averti informato, no?"

"Sono venuto un po' in anticipo. Prima che arrivi, che ne direbbe se ci mettessimo un po' a letto?" disse Hanio, facendo un altro sbadiglio, quindi si tolse il soprabito.

"Sarai stato diverse notti senza dormire. Ti do il letto di mio marito."

"No, preferisco il tuo letto," ribatté Hanio, afferrando improvvisamente il braccio di Ruriko. Lei però si divincolò con forza, allungò la mano e tornò ad afferrare la pistola.

"Idiota. Vuoi farti ammazzare?"

"Tanto, che tuo marito torni o non torni, io finirò ammazzato comunque. Che cosa cambia?"

"Cambia per me. Se ti uccido adesso, potrò continuare a vivere, ma se quando viene mio marito ci trova a letto, finiremo ammazzati tutti e due."

"Un calcolo semplice. Allora ti faccio una domanda. Hai un'idea di quale punizione attende chi ammazza un uomo dell'ACS senza ragione?"

Ruriko, impallidita, scosse la testa.

"Te lo faccio vedere io," disse Hanio.

Si avvicinò a un armadietto, prese una bambola vestita in abiti tradizionali svizzeri e le assestò un colpo netto sulla schiena, spezzandola in due.

5.

Hanio si spogliò per primo e, mentre si infilava nudo nel letto, provò a elaborare una sorta di piano. "Devo cercare di tirare la cosa per le lunghe," pensò. "Più tempo ci mettiamo meglio è. Così aumenteranno le probabilità che il suo amante rientri a casa e ci faccia fuori."

Essere ucciso mentre era nel pieno dell'azione gli sembrava un ottimo modo di morire. Per un vecchio sarebbe stata una fine poco dignitosa, ma per un giovane non poteva esserci morte più onorevole.

Tuttavia, sicuramente il modo migliore di morire, quello davvero ideale, sarebbe stato ignorando fino all'ultimo cosa stava per accadere. Solo così avrebbe potuto precipitare di colpo dalla vetta del piacere alla morte.

Ma a lui questo privilegio non era concesso. Sapeva bene che stava per essere ammazzato, e il suo compito adesso consisteva nel ritardare quel momento. Normalmente, la paura e l'ansia sono di ostacolo al piacere del sesso, ma per Hanio non fu così. Sentire che la morte era a un passo da lui fu come vedere uno spazio spalancato davanti a sé, uno spazio che già aveva visitato e che quindi non gli incuteva alcun timore. Fino a raggiungere quel punto, la vita che gli restava era solo un susseguirsi di attimi, da godere e prolungare finché poteva.

Era evidente che Ruriko si sentiva molto sicura di sé. Con un gesto brusco abbassò a metà la veneziana, lasciando aperte le tende, e in quella luce azzurra da acquario si spogliò senza la minima timidezza. Poiché la porta del bagno era aperta, la sua figura, mentre nuda davanti allo specchio si spruzzava del profumo sotto le ascelle e dietro le orecchie, era perfettamente visibile.

La curva che dalla schiena arrivava al sedere formando una collina gli faceva pregustare il piacere di abbracciarla. Hanio, che a guardarla si sentiva prendere dall'eccitazione, pensò che doveva contenersi. Infine Ruriko, muovendosi con grazia, girò intorno al letto e si infilò tra le lenzuola senza tradire alcuna emozione.

Hanio, pur consapevole che non era una domanda adatta a quel momento di intimità, non riuscendo a trattenere la curiosità chiese:

"Mi spieghi perché hai fatto un giro intorno al letto?".

"È un mio rituale. Lo fanno anche i cani prima di accucciarsi. Mi viene istintivo," rispose lei.

"Sorprendente."

Poi Ruriko chiuse gli occhi, circondò il collo di Hanio con le mani e disse, con tono languido:

"Dai, non abbiamo tempo. Prendimi subito".

Hanio mise in atto la sua strategia per prolungare l'unione il più possibile: partire lentamente, tentare un primo approccio, tornare ai preliminari, ripartire, fare marcia indietro e così via, tenendola sulla corda. Tuttavia, già al primo round Hanio si sorprese notando che gli era difficile guidare il gioco. Il corpo di Ruriko giustificava in pieno l'ossessione erotica del vecchio. Per questo il piano di Hanio rischiò seriamente di fallire, ma alla fine riuscì a trattenersi.

Il problema era provocare in Ruriko il desiderio di continuare all'infinito, di andare avanti anche se il pericolo della morte si faceva pressante, e per questo Hanio fece ricorso a tutta la sua abilità. Doveva trasmetterle in profondità la sensazione di quanto avrebbe perso se quel piacere si fosse interrotto, tenerla sulle spine, farle assaporare la gioia per il fatto che ancora non fosse finita. Era compiaciuto della propria bravura a inserire momenti di pausa della durata giusta.

Il corpo di Ruriko aveva acquistato in ogni sua parte una tinta rosata e lui capì che, anche se era distesa a letto, si sentiva come sospesa nel vuoto: una prigioniera che tentava piangendo di raggiungere la luce che filtrava dal lucernario, ma continuava a ricadere giù.

Hanio ripeteva i suoi attacchi e le sue pause, ma a ogni tentativo correva il rischio di cadere nella misteriosa trappola di Ruriko, e per evitarlo il suo unico mezzo era astenersi dal godimento, posando uno sguardo assente sulla schiena di lei, intenta a salire a uno a uno i gradini del suo sogno.

Fu allora che sentì il rumore di una chiave girare silenziosamente nella serratura.

Ruriko non se ne accorse e restò con gli occhi serrati, continuando a scuotere a destra e a sinistra il viso ricoperto da un leggero velo di sudore.

"Eccolo, è arrivato," pensò Hanio. "Forse, una pistola con silenziatore o qualche altra arma scaverà un piccolo tunnel rosso che dalla mia schiena raggiungerà il petto di Ruriko."

Si sentì il rumore della porta che si chiudeva piano. Era evidente che c'era qualcuno nella stanza. Ma non accadde nulla.

Hanio non aveva voglia di girarsi a guardare, e pensò di approfittare di quel tempo in più che gli era concesso per portare a termine ciò che aveva iniziato. Se la morte fosse arrivata in quel momento, sarebbe stata la fortuna più grande. Non che avesse vissuto aspettando questa occasione, ma si buttò nella trappola incomparabilmente squisita di Ruriko con l'avidità di godere a pieno del dono insperato che gli era stato concesso. Poi anche le scosse di assestamento finalmente cessarono, ma ancora non accadeva niente, quindi lui, come un serpente che alza la testa, sollevandosi dal corpo di Ruriko si voltò a guardare.

Vide allora lì seduto un uomo grasso, dall'aria buffa, con una strana giacca color albicocca e un basco in testa, impegnato a muovere freneticamente la matita su un grande album per schizzi che teneva aperto sulle ginocchia.

"No, fermo, resti così," disse l'uomo con fare sbrigativo, e subito tornò a posare lo sguardo sul foglio.

Nel sentire quella voce, Ruriko si sollevò di scatto. Hanio fu stupito dall'espressione di vero terrore sul viso di lei.

Ruriko tirò con forza a sé il lenzuolo, avvolgendosi in esso, e si sedette sul letto. Hanio rimase completamente esposto e, nudo com'era, non poté fare altro che starsene seduto così, dividendo il suo sguardo in parti uguali tra l'uomo e Ruriko.

"Perché non ci spari? Che cosa aspetti a ucciderci?" gridò Ruriko con voce stridula. Poi, con tono piagnucoloso, aggiunse: "Ho capito, vuoi farmi morire tra lunghe sofferenze".

"Non c'è bisogno di agitarsi. Calmati," disse l'uomo contrariato, in un giapponese dall'accento strano, mentre continuava a muovere la matita sul foglio, ignorando completamente Hanio. "Ho fatto uno schizzo. Verrà un ottimo disegno. La vostra ginnastica era molto bella. Mi ha risvegliato lo spirito artistico. Non potresti stare zitta ancora un po'?"

Hanio e Ruriko furono così costretti al silenzio.

6.

"Ecco, ho finito," disse l'uomo chiudendo l'album per schizzi che posò sul tavolo insieme al basco. Quindi si avvicinò ai due e, le mani sui fianchi nell'atteggiamento di un maestro delle elementari, disse:
"Su, rivestitevi, tutt'e due, o prenderete un raffreddore".
Hanio, deluso nelle sue aspettative, cominciò a rimettersi gli abiti che aveva buttato lì intorno alla rinfusa, ma Ruriko, con aria indignata, si avviò ancora avvolta nel lenzuolo verso il bagno. Tirò bruscamente il lenzuolo che si era impigliato nella porta, schioccando la lingua infastidita, e chiuse con violenza la porta.
"Venga qui. Le va un bicchiere?" disse l'uomo.
Hanio, suo malgrado, tornò a sedersi sulla sedia dove era stato fino a poco prima a bere con Ruriko.
"Quella donna ci mette un sacco di tempo a prepararsi. Starà chiusa in bagno almeno mezz'ora. Inutile aspettarla. Beva un bicchiere. Poi se ne tornerà tranquillo a casa," disse l'uomo.
Prese dal frigorifero una bottiglia di Manhattan, mise con gesto esperto una ciliegina in ognuno dei due bicchieri da cocktail, e vi versò sopra il drink. Le mani paffute dell'uomo, che avevano delle fossette alla base delle dita, davano un'impressione di grande generosità.

"A proposito, non le chiedo nemmeno chi è. Se anche glielo chiedessi, a che servirebbe?"

"Ruriko pensa che io faccia parte dell'ACS…"

"Lasci stare l'ACS. È roba che esiste solo nei gialli a fumetti. Io in realtà sono una persona estremamente pacifica. Non ho mai ammazzato nemmeno un insetto. Il fatto è che quella donna è frigida. E per darle un'emozione, per farle sentire un piccolo brivido, ho inventato diversi trucchi. In questo modo lei è soddisfatta, come quando prende in mano una pistola giocattolo pensando che sia vera. Io sono un pacifista convinto. Ritengo importante che i popoli abbiano rapporti di scambio e commercio amichevoli e non ostili, di aiuto reciproco. Odio ferire le persone, non solo nel corpo ma anche nell'anima. Credo che questa sia la forma più alta di umanismo. Non crede anche lei?"

"Certo, lo penso anch'io," disse Hanio, sbalordito.

"Per me che sono così pacifico, quella ragazza non prova niente. Lei adora le emozioni, va pazza per i gialli a fumetti. Per questo io recito. Le racconto di aver ucciso diversi uomini. Le faccio credere varie cose, come quella dell'ACS. Queste storie le piacciono, e la guariscono dalla sua frigidità, perciò le costruisco una gabbia di fantasie. Se fossi davvero quello che crede, la polizia giapponese, che certo non scherza, non mi lascerebbe in circolazione. Però in fondo non è male, per ragioni di sesso, diventare un boss del mondo criminale dove si uccide per niente."

"Ho capito. Ma perché io…"

"Lei non ha colpe. Ha fatto godere Ruriko. Ha reso un servizio anche a me. Non ho nulla da rimproverarle. Vuole un altro bicchiere? Poi però voglio che se ne vada a casa, e che non torni mai più qui. Potrei ingelosirmi e sarebbe un problema. Ma di quello che ho visto prima, ho fatto proprio un bel disegno. Lo guardi."

Così dicendo l'uomo aprì il suo album per schizzi.

Il disegno raffigurava quella che aveva definito la loro "ginnastica", e non sembrava affatto opera di un dilettante. Hanio, pur essendo parte in causa, lo trovò stranamente bello e puro: non riuscì a vedervi altro che un gioco di piccoli animali selvatici dai corpi flessibili e pieni di energia. L'essere umano, quando è al massimo del godimento, sembra inscenare una danza ricca di gioia e vitalità, proprio una "ginnastica". Della meticolosa ginnastica mentale di Hanio, invece, nel disegno non vi era traccia.

Sinceramente ammirato, disse:

"Davvero un bel disegno", e restituì l'album all'uomo.

"Vero che è bello? Gli esseri umani, quando godono, sono al massimo della loro bellezza. Ed è la loro immagine più pacifica. Lungi da me ostacolare una cosa del genere. Va bene così, e merita di essere raffigurata. Ma adesso vada, prima che Ruriko esca dal bagno," disse l'uomo alzandosi e tese la mano a Hanio.

Lui non aveva voglia di stringere quella mano molle e grassoccia, ma colse l'occasione e si alzò.

"Arrivederla," disse l'uomo, avvicinandosi alla porta. Poi posò una mano sulla spalla di Hanio e disse:

"Lei è ancora giovane. Dimentichi quello che c'è stato oggi. Siamo d'accordo? Dimentichi quello che ha fatto, questo posto, le persone che ha incontrato, tutto. Ci siamo capiti? Se dimentica tutto, potrà conservare un bel ricordo. Queste parole sono il mio regalo d'addio e il mio augurio per la sua vita. Intesi, allora?".

7.

Quando Hanio, accompagnato dalle parole di quell'uomo maturo, così piene di indulgenza, si ritrovò fuori nella luce del giorno, l'esperienza di quella mattina gli sembrò una assurda fantasia. Ebbe la sensazione, lui che si riteneva un nichilista convinto, di essere passato, grazie all'insegnamento di saggezza che gli era stato impartito, dalla condizione di giovane a quella di adulto. In pratica, era stato perdonato perché considerato un bambino.

Mentre passeggiava per le strade d'inverno, gli venne in mente che qualcuno potesse seguirlo, quindi si voltò a guardare, ma non c'era nessuno. Pensò che anche lui si lasciava ingannare dai fumetti gialli, e non era il solo. Anche il vecchio che lo aveva reclutato, con tutta probabilità, ne era vittima.

Poiché nelle vicinanze c'era uno snack bar inaugurato di recente, vi entrò per riposarsi un poco. Ordinò un caffè e un hot-dog. Quando la cameriera gli portò una bottiglia di senape francese e l'hot-dog, con un wurstel che spuntava dal pane vivido e lustro, Hanio le chiese, con tono casuale:

"Stasera sei libera?".

Era una ragazza magra che sembrava una statuina di vetro, con un trucco da sera già alla mattina e le labbra serrate come se avesse deciso di non sorridere per il resto della vita.

"Ma se siamo ancora in pieno giorno!"

"Perciò ti sto chiedendo se sei libera stasera."
"A quest'ora come posso sapere se sarò libera stasera?"
"Eh già, chi può predire il futuro?"
"Appunto. Oltre i quindici minuti, non posso prevedere nulla."
"Quindici minuti! Calcoli il tempo con precisione."
"Certo, anche in televisione si fa una pausa per la pubblicità ogni quindici minuti. Così si aspetta con piacere quello che verrà dopo. Anche le persone funzionano così," disse la ragazza, e si allontanò con una gran risata. Inutile negarlo, aveva subìto un rifiuto.

Hanio però non si risentì. Si capiva che la ragazza prendeva la televisione a modello. Probabilmente in quel modo tutto era certo per lei, esatto, rassicurante. Visto che ogni quindici minuti c'era un'interruzione pubblicitaria, perché avrebbe dovuto sentirsi in dovere di programmare la serata?

Poiché a casa non aveva niente da fare, Hanio se ne andò un po' a zonzo per la città, stando attento a spendere il meno possibile, e rientrò che era notte fonda.

Nella tasca aveva 50.000 yen, ma pensava che avrebbe dovuto restituirli.

Quando si sarebbe fatto vivo di nuovo, il vecchio?

Fino a quando non fosse venuto per saldare il conto, visto che il compratore della sua vita era ancora lui, preferì lasciare sulla porta il cartello con la scritta "Venduta".

Quella notte Hanio dormì profondamente. La mattina seguente sentì un rumore di passi che si fermarono davanti alla sua porta ma, chiunque fosse, vedendo il cartello doveva averci ripensato, e se ne andò senza bussare. All'improvviso lo sfiorò l'idea che fosse un sicario, ma si rese conto di avere di nuovo creduto a fantasie da gialli a fumetti. Mentre preparava il caffè, si fece la linguaccia davanti allo specchio.

La mattina dopo ancora, Hanio si accorse con stupore di attendere con una certa trepidazione la visita del vecchio.

Passò in questa attesa tutto il tempo. Avrebbe voluto che arrivasse presto e prendesse una decisione riguardo alla sua vita. Visto che l'aveva comprata, avrebbe dovuto trattare con un po' più di cura la sua merce. Temendo che l'uomo potesse arrivare mentre era fuori, se ne restò chiuso in casa tutto il giorno.

Il sole invernale tramontò. Il portiere era incaricato di distribuire l'edizione serale del quotidiano ai vari appartamenti, e all'ora consueta il giornale venne infilato sotto la porta.

Quando aprì la pagina di cronaca, Hanio rimase di stucco nel vedere una grande foto del viso di Ruriko.

Rinvenuto il cadavere di una bella donna annegata nel fiume Sumida.
Si ignora se si tratti di suicidio o omicidio.

La borsetta rinvenuta accanto al ponte conteneva un biglietto da visita con il nome Kishi Ruriko, privo di indirizzo.
Il resto dell'articolo indulgeva in particolari macabri.

8.

Dopo aver letto il giornale, Hanio era ancora stordito dalla notizia della morte di Ruriko quando, con tempismo perfetto, arrivò il vecchio.

Entrò in casa sua con tanto slancio che quasi inciampò e, in uno stato di eccitazione, si mise a girare per la stanza gridando: "Evviva, evviva! È stato bravissimo. Ha fatto un gran lavoro. E si è portato a casa la pelle! Un vero professionista. Grazie, grazie mille!".

Irritato, Hanio afferrò con violenza il vecchio per il bavero.

"Se ne vada immediatamente. Le restituisco i suoi 50.000 yen. Ecco, prenda," disse, ficcandogli i soldi in tasca. "È il denaro con cui ha comprato la mia vita, ma dato che sono ancora vivo non sono tenuto a prenderlo."

"Calma, aspetti un momento. Almeno, prima mi ascolti."

Il vecchio oppose resistenza con tutte le sue forze, agitando braccia e gambe. Si attaccò urlando alla maniglia della porta, al che Hanio, temendo le reazioni dei vicini, mollò infine la presa. Il vecchio emise un sibilo con la bocca, e con un sospiro esagerato si lasciò cadere a terra. Poi, strisciando, raggiunse una sedia, vi prese posto e tentò di recuperare una certa dignità.

"Non ci si comporta in modo così violento! E con un uomo anziano!" disse.

Poi il vecchio si accorse delle banconote infilate nella sua tasca, e con gesto irato le afferrò e le mise nel portacenere. Hanio lo guardò incuriosito, aspettandosi che l'uomo volesse dar fuoco alle banconote con un fiammifero, ma lui non fece niente di tutto questo e le banconote stropicciate rimasero lì nel portacenere, come un mazzo di fiori finti sciupati e sporchi.

"Cosa c'è di strano se sono contento? Lei, giovane com'è, non può nemmeno avere un'idea di quanto Ruriko mi abbia fatto soffrire con il suo disprezzo. Doveva morire. Era il castigo che si meritava. Piuttosto mi dica, ci è andato a letto, vero?"

Hanio sentì il sangue montargli alla testa, ma non poté fare a meno di abbassare per un momento lo sguardo.

"Allora, che mi dice? Ho indovinato, no? Ci è andato a letto, lo ammetta. È una donna speciale, vero? Inutile negarlo. Ma una volta che ci vai a letto, finisci per odiarla. Perché dopo di lei i rapporti con le altre donne non sanno di niente. Ma se le devo dire la verità, alla mia età non riuscivo più ad avere rapporti nemmeno con lei. Così non mi rimaneva altra scelta che ucciderla."

"Mi sembra un ragionamento un po' elementare. E così è stato lei a ucciderla?"

"Non dica sciocchezze. Se ne fossi stato capace, perché mi sarei dovuto rivolgere a lei? A ucciderla è stato…"

"Quindi è stato un omicidio."

"Senza dubbio."

"Eppure, non riesco a levarmi l'idea che sia successo tutto per una serie di bugie e di casualità impreviste. Sto pensando di tornare in quell'appartamento domani…"

"Se lo tolga dalla testa. Il posto sarà sorvegliato dalla polizia. Vuole proprio farsi incastrare? Glielo sconsiglio nel modo più assoluto."

"Mah, forse ha ragione," disse Hanio. Effettivamente recarsi lì non aveva senso. A cosa sarebbe servito tornare in quella casa vuota dove di quel corpo flessuoso non restava più niente? Al massimo ci avrebbe trovato una pistola ghiacciata nel frigorifero.

"Però la cosa strana è che..."

Hanio provò in quel momento il desiderio di raccontare al vecchio la sua esperienza, con calma e in ogni dettaglio.

L'uomo ascoltò, sempre emettendo quel sibilo tra i denti, aggiustandosi ogni tanto nervosamente, con la mano piena di macchie, il nodo della cravatta, o lisciandosi i pochi capelli rimastigli, con gesti che suo malgrado tradivano un passato da giovane dandy. Poi guardò fuori dalla finestra, dove si vedeva un salice secco tra le grondaie delle case, illuminato dalle luci degli appartamenti, piegarsi al vento freddo della sera. L'uomo sembrava rincorrere con le dita il ricordo di piaceri perduti.

"Sì, la cosa veramente strana è il fatto che non sia stato ammazzato io. Se dovessi essere chiamato a testimoniare, non sarebbe un problema?"

"Ma è molto semplice. È ovvio che quell'uomo aveva deciso di uccidere Ruriko. Lei ha rappresentato solo un ostacolo. Non capisce? Probabilmente anche lui aveva consumato tutte le sue energie per lei, e il corpo non gli funzionava più. Uccidere anche lei avrebbe significato spedirvi insieme in un altro mondo, dove non c'era spazio per lui. Uccidendo solo Ruriko, ha trovato il modo più sicuro per farla completamente sua. Ma naturalmente ciò che lei ha fatto ha rafforzato la sua intenzione di uccidere."

"Davvero pensa che quel tipo sia un assassino? Non ne aveva proprio l'aria."

"Apra bene gli occhi! Quell'uomo è il boss di un'organizzazione omicida. Può anche testimoniare contro di lui, non servirà a niente: sistemerà le cose in modo da uscirne pulito. È molto probabile che in questo stesso istante lui sia lì, in quell'appartamento, a piangere senza ritegno per far vedere quanto è disperato per la morte di Ruriko. E lei, prima se ne dimentica, meglio è. Sarà l'ennesimo caso di omicidio insoluto. Veda di non immischiarsi e pensi agli affari suoi. Per festeggiare il successo, ho qui per lei altri 50.000 yen."

Così dicendo, il vecchio gettò altre cinque banconote da 10.000 yen nel grande portacenere di cristallo, e fece per andarsene.

"Non credo che avremo altre occasioni di incontrarci," disse Hanio.

"No, meglio evitare. Ruriko non le ha mica parlato di me?"

In quel momento, Hanio sentì il bisogno di giocargli uno scherzetto.

"Be', qualcosa potrebbe avermela detta," disse.

"Eh?" fece il vecchio, impallidito. "Ma non le avrà rivelato come mi chiamo, chi sono."

"E se l'avesse fatto?"

"Ha intenzione di ricattarmi?"

"Mettiamo anche che volessi ricattarla, non ha mica commesso qualche crimine punibile dalla legge, no?"

"No, questo no, ma..."

"Noi due abbiamo solo collaborato per far muovere il pericoloso ingranaggio della società. Di solito, quando si fa così, la società non si muove nemmeno di un millimetro. Ma se uno è pronto a rinunciare alla propria vita, inaspettatamente si può essere premiati anche con un omicidio. Non è una cosa splendida?"

"Lei è un uomo strano, mi sembra un distributore automatico."

"Esatto. Basta inserire il denaro. La macchina funzionerà, a costo della vita."

"Un uomo può trasformarsi in un robot fino a questo punto?"

"È una forma di illuminazione," disse Hanio con un sorrisetto ironico, che al vecchio però sembrò un ghigno sinistro.

"Insomma, quanto vuole?"

"Se vorrò di più, mi farò sentire. Per oggi va bene così."

Il vecchio si affrettò verso la porta, come se volesse fuggire di lì al più presto.

"Per il gatto siamese non si preoccupi, visto che sono vivo," gli gridò dietro Hanio.

Poi allungò la mano sulla porta, girando il cartello dal lato con la scritta *Life for sale*.

Quindi, sbadigliando, rientrò in casa.

9.

Lui era già morto una volta.
Questo lo liberava da ogni responsabilità, e anche da ogni attaccamento nei confronti del mondo.
Del resto, il mondo per lui non era altro che un giornale composto da caratteri a forma di scarafaggio.
E Ruriko, invece?
La polizia aveva trovato il suo cadavere e adesso si presumeva stesse compiendo ogni sforzo per identificare l'assassino. Hanio era sicuro di non essere stato visto da nessuno né quando si era recato all'appartamento, né durante quei venti minuti in cui l'aveva aspettata in corridoio. Nemmeno dopo, quando era uscito dal palazzo, e fino al momento di rientrare in casa sua, gli sembrava di essere stato seguito. In breve, si era dissolto nell'ambiente come fumo. Non aveva nessuna ragione di temere che potessero chiamarlo come testimone. L'unico pericolo era che se il vecchio fosse stato chiamato a testimoniare, avrebbe potuto fare il suo nome alla polizia. Ma questa possibilità non lo preoccupava. Era evidente che il vecchio voleva a tutti i costi evitare che la polizia venisse a sapere dei rapporti intercorsi tra loro.
Probabilmente, anche se fosse stato Hanio a uccidere Ruriko, le indagini si sarebbero concluse lasciando il caso irrisolto.

Nel formulare quel pensiero, Hanio ebbe un soprassalto.
E se fosse stato proprio lui a uccidere Ruriko? Era tutto talmente irreale che gli venne il sospetto di essere stato ipnotizzato dall'uomo col basco e di avere ucciso Ruriko senza esserne cosciente. Poteva essere accaduto quella notte in cui aveva dormito profondamente.
Aver messo in vendita la propria vita aveva in qualche modo provocato un omicidio?
"Ma no," pensò, "sto vaneggiando. Non ho alcuna responsabilità, non c'entro nulla."
Il filo che collegava Hanio alla società era stato reciso già da tempo.
Ma se era così, perché il ricordo di Ruriko era tanto dolce e persistente? Che significato aveva avuto per lui il godimento provato con lei?
E poi, quella donna chiamata Ruriko, era davvero esistita?
Ma a quel punto decise di smettere di tormentarsi per le presunte conseguenze della sua vendita.
Piuttosto, come avrebbe passato quella serata da solo? Aveva venduto la sua vita per 100.000 yen, poteva rifarlo ancora.
Non aveva voglia di fare qualcosa di banale come andare a bere... e in quel momento, di colpo, gli venne un'ispirazione. Tirò fuori da un armadio un topo dalla faccia buffa, regalo di una ragazza che fabbricava pupazzi di peluche.
Il topo aveva il muso allungato, simile a quello di una volpe, e sulla punta del naso gli crescevano alcuni peli. Gli occhietti erano fatti con due perline nere, idea poco originale. Ma la particolarità stava nel fatto che il topo indossava una camicia di forza, una di quelle che si usano per i matti. Fatta di una tela spessa, impediva alle zampe, incrociate sul petto, di muoversi. E sul davanti recava la scritta in inglese: "Attenzione: paziente violento".
Hanio pensò che l'immobilità del topo era dovuta alla ca-

micia di forza, e per analogia che il suo muso insignificante e banale fosse dovuto al fatto che era pazzo.
"Ehi, topino," lo chiamò, senza ottenere risposta.
Forse l'animaletto era un po' misantropo.
La sua storia era un po' diversa da quella de *Il topo di campagna e il topo di città*, ma forse anche lui era un topo di provincia e, ingannato dal più furbo topo di città, era rimasto schiacciato sotto il peso della vita nella capitale. Forse, oppresso dalle problematiche di un topo solo in una grande metropoli, aveva finito col lasciarsi andare a violenti raptus.
Hanio pensò di cenare piacevolmente insieme a quel topo.
Lo fece sedere al lato opposto del tavolo, gli annodò un tovagliolo sopra la camicia di forza e si mise a preparare la cena.
Il topo pazzo aspettava, seduto in modo composto.
Hanio pensò a un menu adatto, e decise di preparare del formaggio e una piccola bistecca che il topo, con i suoi denti affilati, avrebbe potuto masticare con facilità.
Preparò anche un piatto per sé e dispose entrambi sul tavolo.
"Caro topo, la cena è pronta. Mangia senza complimenti," disse.
Nessuna risposta. Oltre che pazzo, il topo doveva essere anoressico.
"Ehi, com'è che non mangi? Ho faticato per prepararti questa buona cenetta, e a te non piace?"
Ancora silenzio.
"Ah, forse non riesci a mangiare senza musica. Sei un po' viziato. Provo a mettere una musica dall'atmosfera tranquilla che dovrebbe piacerti."
Hanio mise sul piatto dello stereo *La cathédrale engloutie* di Debussy.
Il topo però continuò a ignorare il cibo e a mantenere quell'aria imbronciata.

"Sei uno strano tipo. Qual è il problema? Dato che sei un topo, non avresti bisogno delle zampe per mangiare."
Nessuna risposta. Hanio ebbe uno scatto di collera.
"Ah, la mia cucina non ti piace? Peggio per te."
Così dicendo, prese il piattino con la bistecca e lo rovesciò sulla testa del topo.
Per il colpo, il topo perse l'equilibrio e cadde a terra.
Hanio lo raccolse e disse:
"Che c'è, sei morto? Muori così facilmente? Non ti vergogni? Ehi, mi senti? Non aspettarti che ti faccia il funerale. Non avrai nemmeno una veglia funebre. Per me puoi finire rinsecchito in una tana sporca come si addice a un topo. Non hai combinato nulla da vivo e non servirai a niente nemmeno da morto".

Hanio raccolse il topo morto e lo gettò nell'armadio da cui l'aveva preso.

Si infilò in bocca la mini-bistecca che il topo morto non aveva mangiato. Quel bocconcino di carne aveva un sapore squisito.

"Se qualcuno mi vedesse, il mio gli sembrerebbe il gioco stupido di una persona sola che vuole salvarsi dalla solitudine. Ma avere la solitudine come nemico è una cosa terribile. Per questo me la faccio alleata," pensò, mentre ascoltava la musica di Debussy.

In quel momento sentì bussare furtivamente alla porta.

10.

Quando aprì, si trovò davanti una donna di mezza età, con i capelli raccolti in una crocchia e un aspetto insignificante.
"Sono venuta per l'annuncio sul giornale."
"Ah. Prego, si accomodi. Stavo cenando, ma finisco in fretta."
"Mi scusi tanto."
La donna si guardò intorno, quindi entrò esitando.
Non dovrebbe esserci azione più solenne che comprare la vita di un uomo. Perché allora i suoi clienti entravano in casa con quell'atteggiamento vergognoso?
Mentre cenava, Hanio lanciava ogni tanto delle occhiate alla donna. A giudicare dal modo sciatto di portare il kimono, più che una signora sposata sembrava un'attempata zitella che insegna Letteratura inglese in un istituto parauniversitario. Gli sembrava il tipo che si circonda di allieve esuberanti e vivaci, ma stando ben attenta a non imitarne gli atteggiamenti giovanili per affermare la sua personalità di donna indipendente e autorevole. In realtà, probabilmente aveva meno anni di quelli che dimostrava.
"A dire la verità, sono diversi giorni che vengo davanti alla sua porta senza farmi avanti. Ma ho sempre trovato il cartello con la scritta 'Venduta'. Mi chiedevo che cosa voles-

se dire. Se avesse venduto la sua vita, avrebbe dovuto essere morto. Ma oggi, proprio quando, convinta di non avere nessuna speranza, stavo per rinunciare, ho trovato il cartello girato con la scritta 'Life for sale'. Non so dirle il mio sollievo!"
"Sì, il mio lavoro precedente si è concluso. Avevo venduto la mia vita, ma come vede sono sopravvissuto."
Hanio, mentre parlava, preparò il caffè per sé e per la donna, e portò le due tazze sul tavolo.
"Cosa posso fare per lei?"
"È molto difficile da dirsi."
"Qui può parlare liberamente."
"Sì, le credo, ma è comunque difficile."
La donna restò in silenzio per qualche istante, quindi spalancò gli occhi, dalla forma di mezze lune, e guardò Hanio senza più esitazione.
"Se vende la sua vita a me, questa volta non credo che tornerà a casa vivo. È interessato lo stesso?"

11.

Hanio, imperturbabile, ignorò la domanda. La donna, che sorseggiava il caffè corrugando le labbra delusa, chiese di nuovo, questa volta con tono minaccioso:
"Lei morirà, dico davvero. Sicuro che le vada bene?".
"Sì, naturalmente. Ma mi dica piuttosto di cosa si tratta."
"D'accordo, le spiego."
La donna si sistemò il kimono come se temesse, trovandosi sola in una casa insieme a un uomo, di essere assalita, ma le sue forme non erano tali da suscitare desideri del genere.
"Lavoro in una piccola biblioteca come responsabile del servizio prestiti. Chiedermi in quale biblioteca sarebbe inutile. A Tōkyō ci sono tante biblioteche quanti posti di polizia.
Vivo da sola, dopo il lavoro compro l'edizione serale di diversi quotidiani e ho l'abitudine, quando rientro a casa, di leggere da cima a fondo le rubriche della posta del cuore, offerte di lavoro, annunci di vario genere. All'inizio avevo sviluppato una passione per la rubrica degli amici di penna. Sono arrivata al punto di creare una casella postale e scambiare lettere con varie persone. Ma rendendomi conto che questi incontri non avrebbero mai portato a niente di buono, mi divertivo a illudere i miei interlocutori e poi, quando erano cotti a puntino, interrompevo di colpo la corrispondenza."
"Perché si rendeva conto che questi incontri non avreb-

bero mai portato a niente di buono?" chiese Hanio con una certa crudeltà.

"Perché ognuno ha i suoi sogni..." rispose lei irritata, distogliendo lo sguardo. "Gradirei che mi ascoltasse senza prendermi in giro.

A un certo punto mi stufai di questo hobby degli amici di penna e mi misi alla ricerca di altre forme di comunicazione più stimolanti. Ma trovarle è un'impresa disperata."

"È proprio per questo che ho messo l'annuncio *Vita in vendita*..."

"Lasci parlare le persone senza interrompere! A febbraio di quest'anno, ossia circa dieci mesi fa, mi è capitato di leggere un annuncio che diceva:

'Cerco per acquisto l'*Enciclopedia illustrata dei coleotteri del Giappone* di Yamawaki Gentarō, edizione 1927. Pagamento immediato in contanti 200.000 yen. Solo edizione integra in ogni sua parte. Casella postale 2778, Posta centrale'.

La cifra offerta mi era sembrata piuttosto alta, ma da qualche tempo i prezzi dei libri usati avevano raggiunto cifre notevoli. C'era da considerare anche che il libro doveva essere piuttosto raro, e che l'annuncio sicuramente era stato messo dopo una ricerca infruttuosa nei negozi di libri usati. Insomma, in base alla mia esperienza di lavoro, non ci trovai niente di strano, e me ne dimenticai.

Ogni anno, a marzo, al termine dell'esercizio finanziario, si fa un inventario generale della biblioteca. Per l'occasione si tirano fuori dal deposito volumi ricoperti di polvere, si modificano le etichette sui libri eccetera. È un lavoraccio. A un certo punto, nella sezione di scienze naturali, tra qualche centinaio di libri in pessime condizioni ho notato una decina di volumi di entomologia. La maggior parte delle opere scientifiche, per esempio di medicina e di fisica, con i rapidi progressi che si fanno nelle terapie e nell'uso dei farmaci, e le nuove scoperte, perde presto di valore, ma ho pensato che il discorso non valeva per l'entomologia, e così ho cominciato a togliere la polvere e a esaminare quei libri a uno a uno.

Così facendo a un certo punto cosa mi trovo tra le mani? L'*Enciclopedia illustrata dei coleotteri del Giappone* di Yamawaki Gentarō, editore Yūendō.

Mi è tornato subito in mente il ricordo di quell'annuncio e così, per la prima volta dopo anni di onesto lavoro in biblioteca, mi è sorto un pensiero cattivo."

12.

La donna proseguì nel suo racconto. Naturalmente fino ad allora non aveva mai commesso alcun illecito. Tuttavia, in quel momento sentì qualcosa muoversi all'improvviso nel suo petto con una specie di crepitio: una sensazione ispirata dalla cifra dei 200.000 yen. Più che un miraggio materiale, era un desiderio di abiti e oggetti di lusso. Stando alle sue stesse parole, "una forma di rivalsa nei confronti delle altre donne".

D'istinto avvolse il libro nella carta straccia che aveva a portata di mano, dopodiché continuò a riordinare con aria indifferente.

"Vado a buttare un po' di queste cartacce," disse, dirigendosi verso il corridoio con il libro coperto da un mucchio di carta straccia, e andò a nasconderlo in un posto appropriato. Nel caso il volume, che recava il marchio della biblioteca, fosse saltato fuori, avrebbe detto che lo aveva gettato via per errore insieme alla carta. Era certa che la scusa avrebbe funzionato.

Quella sera, tornata a casa con l'*Enciclopedia illustrata dei coleotteri del Giappone*, la aprì col cuore che batteva forte come se si trattasse di una pubblicazione oscena. Un odore di polvere si sollevava dalle pagine.

Era un libro strano, di quelli che attirano persone in cerca di rarità. Era difficile dire se fosse stato fatto con ambizioni artistiche o per divertimento personale. Considerato che era molto vecchio, la stampa delle illustrazioni in quadricromia era eccellente, e le immagini dei coleotteri, i cui dorsi si susseguivano variopinti e lucenti, sembravano pubblicità di accessori di moda. Dall'altro lato della pagina, con i numeri corrispondenti alle illustrazioni, erano indicati i nomi scientifici e la zona di provenienza di ogni esemplare, accompagnati da brevi spiegazioni.

Ma la cosa più strana era la modalità della classificazione, che non rispondeva a nessun criterio scientifico usuale. L'indice era composto come segue:

Sottordine della lussuria (famiglia degli afrodisiaci, famiglia degli stimolanti)
Sottordine dell'ipnosi
Sottordine dell'omicidio

Come si conviene a una zitella, evitò il primo sottordine (quello che maggiormente la incuriosiva), e cominciò a leggere dal secondo.

Arrivata al terzo, quello dedicato al sottordine dell'omicidio, notò che qualcuno aveva cosparso le pagine di cerchi e sottolineature in rosso. Alla pagina 132 la sua attenzione fu attratta dalla voce *Anthypna pectinata*.

L'illustrazione mostrava un piccolo insetto marrone, in apparenza piuttosto comune, che le sembrava di avere già visto da qualche parte. L'insetto presentava un restringimento tra il dorso e il capo. Da questo, che aveva una forma un po' tozza, sporgeva un paio di zampe e, sul davanti, una specie di spazzola.

Il testo recitava:

Originario della prefettura di Tōkyō, nello Honshū, lo si trova a contatto con rose, clerodendri e altre varietà di fiori.

È un insetto relativamente facile da collezionare, ma stranamente non sono molto conosciute le sue capacità ipnotiche, che lo rendono un mezzo efficace per compiere omicidi dissimulati da suicidi. Facendo assumere a una persona il corpo di questo coleottero, essiccato, ridotto in polvere e mescolato con il sedativo *bromovalerylurea*, è possibile, impartendo ordini mentre la persona si trova in uno stato di ipnosi, indurla a suicidarsi con diverse modalità.

La spiegazione si fermava qui.
Ma alla donna bastò leggere questo brano per intuire le intenzioni criminali della persona che era alla ricerca del libro. Prese un rasoio e con molta attenzione raschiò via il timbro della biblioteca dal risguardo e dal frontespizio del volume. Quindi spedì alla casella postale indicata nell'annuncio una cartolina recante il seguente testo:
"Possiedo l'edizione integrale del libro di cui lei è in cerca. Se non l'ha ancora trovato, posso cedreglielo alle condizioni da lei proposte, con la preghiera di effettuare il pagamento alla consegna. Resto in attesa di indicazioni su luogo e orario. Riguardo al giorno, sono disponibile di domenica".
A questo semplice testo, aggiunse il numero della sua casella postale.
La risposta arrivò dopo quattro giorni.
Il giorno proposto era la domenica della settimana successiva, e fin qui tutto bene, ma come risultava dalla mappa allegata, l'appuntamento era a Chigasaki, piuttosto lontano dalla stazione di Fujisawa, nella casa, probabilmente una villa, dei Nakajima.
La colpì il fatto che la lettera conteneva numerosi errori, i caratteri erano tracciati in modo rozzo e infantile, e persino il nome del destinatario era scritto male.
"Dev'essere una persona molto strana," pensò lei.

La domenica seguente la donna, arrivata alla stazione di Fujisawa, si incamminò, come indicato dalla mappa, in direzione del mare. Era un pomeriggio di primavera dal cielo sereno, ma il vento era freddo.

Dalla strada principale, asfaltata, girò in una stradina laterale sterrata, coperta di sabbia. Cumuli di sabbia coprivano in parte anche i muri di pietra che circondavano le ville di quel vecchio quartiere. Le farfalle gialle svolazzavano nell'aria. Non si vedeva anima viva. Era una zona residenziale, le cui case probabilmente venivano usate solo per la villeggiatura o erano abitate da persone che durante il giorno andavano a Tōkyō a lavorare, e questo spiegava perché vi regnasse il silenzio.

Attraversato un vecchio cancello dove c'era una targa col nome Nakajima, proseguì su un lungo vialetto sabbioso che conduceva alla casa, una dimora in stile occidentale circondata da un boschetto di pini. Il giardino era vasto e desolato, battuto da un forte, umido vento che saliva dal mare.

Suonato il campanello, con sua grande sorpresa apparve un uomo occidentale, grasso e dal viso rubicondo.

"Grazie per la sua lettera. La aspettavamo. Prego, si accomodi," le disse, in un giapponese tanto perfetto da suonare innaturale.

L'uomo, che indossava una vistosa camicia a righe, la guidò in una stanza dove c'era un altro uomo, anche lui straniero, magro come una mantide, il quale si alzò educatamente dalla sedia per salutarla.

La donna era venuta con l'intenzione di scappare via di corsa appena avesse percepito una situazione pericolosa. Si guardò intorno. La stanza, spaziosa, era scarsamente arredata: le robuste sedie di vimini di stile americano messe direttamente sul *tatami*, senza tappeto, davano l'idea di un'abitazione provvisoria. A parte queste, non c'erano altri mobili veri e propri. Nel *tokonoma* spiccava un televisore a colori spento, il cui schermo, dalla tinta verde nerastra, faceva pensare alla superficie di uno stagno.

Gli *shōji* erano spalancati e il corridoio, ricoperto di sabbia, dava su una porta a vetri fissata male che vibrava incessantemente al vento. La donna notò anche che la porta non aveva nemmeno la chiave. Quindi, se avesse voluto fuggire, non avrebbe avuto problemi.

L'uomo magro le propose di bere qualcosa di alcolico, ma lei rifiutò. Le portò allora una bibita che sembrava limonata, ma temendo che potessero addormentarla con un sonnifero prima ancora di iniziare la trattativa, non la toccò, nonostante avesse una sete terribile.

L'uomo grasso che parlava un perfetto giapponese la invitò a sedersi ma rimase in silenzio. Visto che lui non faceva menzione del libro sui coleotteri, la donna, che aveva messo sulle ginocchia il sacchetto della spesa con dentro il volume, lo mosse rumorosamente per attirare l'attenzione.

Ma neanche questo provocò alcun effetto.

I due uomini parlottavano tra loro sottovoce in inglese, continuando a ignorarla. La donna non capiva una parola, ma dalle loro espressioni intuì che stavano discutendo di qualcosa di serio. Lei sentiva crescere l'irritazione.

Poi a un tratto squillò il campanello d'ingresso.

"Oh, *maybe* Henry..." disse l'uomo grasso, dirigendosi in fretta verso la porta.

Un attimo dopo un uomo di una certa età, anche lui straniero, fece il suo ingresso, preceduto da un cane bassotto che sembrava una foca, con le orecchie penzolanti e il pelo lucido come fosse unto d'olio. L'uomo, che sembrava vestito per una gita, aveva un bel viso. Dall'atteggiamento dei due uomini nei suoi confronti, capì che doveva essere il capo. Glielo presentarono con fare ossequioso. Il cane scuoteva il didietro in modo lascivo.

Il nuovo arrivato, che apparentemente non capiva una

parola di giapponese, disse rapidamente qualche convenevole in inglese, che l'uomo grasso subito provvide a tradurre.

"Il signor Henry le è infinitamente grato di essere venuta come promesso e le esprime la sua stima più sincera."

La donna pensò di non aver fatto niente per meritare tanta stima.

L'uomo proseguì:

"Ha portato il libro, vero?".

Contenta che si fosse finalmente entrati in argomento, la donna aprì la busta e porse il libro dicendo:

"Il denaro, non dimenticate il denaro. *Money...*".

Chiese all'uomo grasso di tradurre, ma fu ignorata. Aveva la gola serrata per la paura che volessero prendere il libro senza pagarla.

Lo straniero anziano sfogliò le pagine con cura. Lei capì, dalla sua espressione raggiante, che l'uomo era soddisfatto.

"Ecco, ci scusi. Alle copie che finora eravamo riusciti a procurarci mancavano una trentina di pagine. Erano state tagliate, probabilmente dalla polizia giapponese dell'epoca. È la prima volta che ne troviamo una copia integra e, come può vedere, il signor Henry ne è davvero felice. Ora che abbiamo verificato, siamo pronti a pagarla. Ecco i suoi 200.000 yen. Li controlli per favore."

Così dicendo, l'uomo le porse le banconote. Sulle sue guance bianche e lucide come smalto si disegnarono due fossette. Il cane si avvicinò per annusare il denaro.

La donna, contate le venti banconote da 10.000 yen, così nuove da avere i bordi affilati, si sentì sollevata. A quel punto trattenersi oltre non avrebbe avuto senso, così si alzò, intenzionata ad andarsene senza indugi.

"Già se ne va?" disse l'uomo grasso, e anche quello magro si alzò per trattenerla. "Dato che ha fatto tanta strada per venire, perché non resta a cena qui e rientra più tardi con calma?"

"No grazie," disse lei con fermezza, decisa ad andarsene di lì al più presto. Aveva il presentimento che potesse accadere qualcosa di spaventoso.

Improvvisamente, l'uomo grasso le si avvicinò e le sussurrò all'orecchio:

"Non le farebbe piacere guadagnare 500.000 yen?".

La donna si bloccò, non credendo alle sue orecchie.

13.

Hanio, che non provava il minimo interesse erotico per la donna, era invece affascinato dal suo racconto così ben costruito.

"Una proposta molto generosa, direi. E così prima di ritirarsi si è presa altri 500.000 yen?"
"Sta scherzando? Me ne sono andata via senza pensarci due volte. Non ho visto nessuno che mi seguisse, ma ho fatto la strada fino alla stazione di Fujisawa di corsa. Ero in un bagno di sudore."
"È poi tornata in quella casa?"
"In effetti..."
"L'hanno invitata di nuovo?"
"No, ma ero troppo curiosa di conoscere gli sviluppi di quella vicenda e una bella domenica di luglio in cui non avevo niente da fare ho deciso di tornare lì per dare un'occhiata. Sembrava che in casa ci fosse qualcuno, così ho suonato il campanello. Questa volta si è affacciata una signora giapponese. Imbarazzata, le ho chiesto: 'Il signor Henry?'.
'Ah, il signore straniero? In primavera gli ho affittato la casa per due, tre settimane, ma non siamo rimasti in contatto,' mi ha risposto lei con una certa freddezza, e così me ne sono andata."

"Hmm. Una storia interessante, ma che cosa c'entra tutto questo con me?"

"Se ha un po' di pazienza vedrà che c'entra," disse la donna. Quindi si fece dare una sigaretta da Hanio e l'accese. Il gesto non tradì alcuna sensualità. Aveva se mai qualcosa di sfacciato, come una vecchia che vende i biglietti della lotteria e scrocca una sigaretta al cliente.

"Poi non è accaduto più niente. Io ho mantenuto la casella postale, ma non ho più ricevuto altre comunicazioni da loro.

Però, di recente, vedendo l'annuncio in cui lei metteva la sua vita in vendita, mi è venuta tutt'a un tratto un'idea. Magari con quella loro offerta di 500.000 yen intendevano propormi di fare da cavia. Questo spiegherebbe tutto, no?

E ho pensato che se avessero visto il suo annuncio, probabilmente l'avrebbero contattata."

"E invece non l'hanno fatto. Probabilmente questi delinquenti stranieri nel frattempo saranno lontani, a Hong Kong o a Singapore."

"Se fossero dell'ACS, probabile."

"Eh?" esclamò Hanio, stupefatto.

14.

Una donna come quella conosceva l'ACS!
Quel tipo asiatico gli aveva detto che l'ACS era solo un'invenzione da gialli a fumetti, ma Hanio aveva cominciato a sospettare che la presunta organizzazione potesse avere a che fare con la morte di Ruriko, e ora che quella donna la tirava fuori, ebbe la sensazione che varie cose fossero collegate da un unico filo. Gli sorse anche il dubbio di essere diventato, a causa del suo annuncio, una pedina dell'ACS.
Però, guardando la cosa da un altro punto di vista, era impensabile che una donna appartenente a un'organizzazione tanto sofisticata potesse tirare in ballo il nome dell'ACS in modo così casuale. Gli sembrava evidente che lei avesse menzionato l'organizzazione ingenuamente, con la stessa sincerità con cui aveva riferito l'incontro con gli stranieri a Chigasaki.
"Insomma, che cos'è questo ACS?"
"Perché, non lo sa? ACS sta per Asia Confidential Service, ed è un'organizzazione segreta dedita al traffico di droga."
"Come fa lei a sapere una cosa del genere?"
"In biblioteca avevamo uno straniero che faceva spaccio di droga. Veniva puntualmente da noi ogni giorno e, pensando fosse uno studioso serio, ne ero ammirata. In più era un uomo affabile e di bell'aspetto. Era professore associato

all'Università della California, e siccome era tutto il tempo da noi a fare ricerche sulla storia giapponese, o così sembrava, con i colleghi commentavamo che doveva essere sicuramente uno studioso ben noto nel suo campo.

Ma a un certo punto mi sono accorta che nella sala di lettura aveva cominciato a sedersi sempre accanto a lui un tale, giapponese, che aveva tutta l'aria di essere un disoccupato. Pensai che si fossero conosciuti lì in biblioteca. Anche questo tipo prendeva in prestito solo libri di storia giapponese.

Una mia collega osservò: 'Un giapponese che si fa indottrinare sulla storia del Giappone da uno straniero che ne sa chiaramente molto più di lui! Il mondo va al contrario...'.

Qualche tempo dopo, anche una ragazza della reception strinse amicizia con quello straniero, e decisero di andare insieme in un caffè della zona. Purtroppo per lei però, lo straniero era molto prudente e le disse di invitare altri amici. La ragazza allora, con aria risentita, chiese a un paio di noi di unirsi a loro. Anch'io, sebbene controvoglia, accettai.

Credo che sia stato a maggio dell'anno scorso. Quella serata mi lasciò un'impressione profonda, tanto che ancora adesso ne ho un ricordo molto vivido. Era poco dopo l'orario di chiusura e camminavamo con lo straniero – inutile dire che parlava benissimo il giapponese – lungo il bel viale alberato che dalla biblioteca porta al centro, illuminati dai raggi del sole ancora luminosi. Noi tre provavamo un misto di gioia ed eccitazione, non esente da un pizzico di rivalità, per il fatto di portare quello straniero al nostro caffè preferito.

Una volta seduti al caffè a chiacchierare, lui si rivelò un conversatore brillante e spiritoso, e ci fece ridere con battute del tipo: 'A stare in mezzo a belle donne come voi, bevendo il tè che gli antichi mercanti importavano dai paesi barbari, mi sento come lo shogun Tokugawa che visita le stanze segrete delle dame'. Avrebbe anche potuto sembrare un'allusione di dubbio gusto, ma detta da Mister Dodwell suonava come uno scherzo innocente.

Mentre chiacchieravamo di varie cose – il suo giapponese era fin troppo fluido e non abbastanza espressivo, come una macchina esageratamente lubrificata – ci chiese amabilmente: 'Conoscete per caso l'ACS?'.

E noi:

'Un canale televisivo? Però in Giappone non ce n'è uno che si chiami così. Sarà un canale della televisione americana?'.

'Forse più che un canale è il nome di una marca di televisori?'

'Io invece penso che potrebbe essere un ente di cooperazione agricola internazionale. Agricultural Cooperative System...'

Quella che disse così voleva chiaramente fare sfoggio delle sue conoscenze, quindi le lanciai un'occhiataccia.

Lo straniero ascoltò le varie risposte con un sorriso sornione, quindi commentò:

'L'ultima risposta è quella che si avvicina di più. Chiamiamolo pure ente internazionale, ma più esattamente è un'organizzazione segreta, la cui sigla sta per Asia Confidential Service. Un'organizzazione piuttosto temibile, e che è molto vicina a voi'.

Le sue parole ci misero in allarme, e ascoltammo col fiato sospeso.

Mr. Dodwell continuò:

'Avrete notato quel giapponese che si sedeva spesso accanto a me in biblioteca e che mi faceva domande sulla storia del Giappone. Non avevo mai visto nessuno capace come lui di importunare gli altri, quindi mi dava molto fastidio, e per di più faceva domande davvero stupide. Una volta mi ha chiesto quanti figli avesse il guerriero Kusunoki Masashige. Dato che non ne avevo alcuna idea, per non perderci troppo tempo ho risposto a casaccio: 'Ne aveva dieci'. Al che il suo viso si è illuminato. A ripensarci, forse con la mia risposta avevo pronunciato per puro caso una parola d'ordine.

Ma anche dopo questo episodio l'uomo ha continuato a diffidare e non si è aperto con me. Poi l'altro ieri tutt'a un tratto mi ha detto:

'Allora lei non è dell'ACS?'.

Sorpreso, gli ho chiesto che cosa fosse l'ACS.

'Asia Confidential Service. Mah, meglio così. Avevo sbagliato persona, e solo per un pelo non l'ho ammazzata,' mi ha detto sogghignando, ed è sparito.

Io ho avuto un brivido e istintivamente mi sono carezzato il collo. Ero stato scambiato per uno dell'organizzazione.

'Che paura! Ma perché non si è rivolto alla polizia?' gli abbiamo chiesto in coro.

'Volevo evitare di complicare ulteriormente le cose,' ha risposto lui corrugando le labbra.

Da quel giorno Dodwell non si è più fatto vedere in biblioteca. Ma io non ho più dimenticato il nome ACS."

15.

"Non mi stupirei se questo Dodwell fosse un membro dell'ACS," azzardò Hanio a quel punto del racconto, pur non avendone alcuna certezza.

"Ma se così fosse, perché avrebbe dovuto tirare fuori proprio lui il discorso?"

"Forse si era convinto che in biblioteca vi foste accorti dei suoi maneggi, e voleva verificare cosa aveste capito."

"Chissà," disse la donna, come se l'argomento per lei si fosse esaurito.

"Torniamo al discorso che ci interessa."

"Sì, certo. Veniamo finalmente al perché desidero comprare la sua vita.

Il fatto che quell'Henry non l'abbia ancora contattata potrebbe voler dire che la proposta di farmi guadagnare 500.000 yen, fatta mentre stavo per andarmene, è ancora valida.

Dal momento in cui ho visto il suo annuncio, mi sono convinta che lei fosse la persona giusta a cui far sperimentare il preparato a base di *Anthypna pectinata*. Io per fare da intermediaria mi accontenterei di 100.000 yen, e per la sua vita le pagherei 400.000. Che ne dice? Se è d'accordo, prima della sua morte mi impegnerei a versare, ai suoi parenti o a chi vorrà lei, i 400.000 yen."

"Io non ho parenti."

"Allora cosa farà del denaro per cui ha venduto la sua vita?"

"Vorrei che con quel denaro lei comprasse un animale molto grosso, anzi enorme, come un coccodrillo o un gorilla. Dovrebbe rinunciare al matrimonio e vivere tutta la vita con lui. Ho la sensazione che sarebbe l'unico partner adatto a lei. Ma non si sogni nemmeno di venderne la pelle come materiale per borsette. Gli dovrà dare da mangiare tutti i giorni, fargli fare esercizio e allevarlo con ogni possibile cura. Infine, dovrà ricordarsi di me ogni volta che lo guarda."

"Lei è una persona veramente strana."

"Qui la persona più strana è lei."

16.

La donna inviò alla casella postale di Henry un espresso con un breve testo: "Si accetta di sperimentare il preparato per 500.000 yen. A ricevere la somministrazione sarà un uomo".

La risposta arrivò immediata, con l'indicazione della data – il 3 gennaio, di sera – e del luogo, un deposito nell'area dei magazzini a Shibaura.

E così una sera d'inverno Hanio, dopo essersi incontrato con la donna, si presentò insieme a lei nel luogo stabilito. L'area dei magazzini, deserta, era illuminata da un gelido frammento di luna che sembrava sul punto di essere spazzato via dal vento. Dovettero bussare cinque volte prima che la porta si aprisse su una scala che portava nel sottosuolo. Ne scesero diverse rampe finché arrivarono davanti a una fredda porta di ferro.

Quando questa si aprì, una ventata d'aria calda li colpì in pieno viso. Si trovarono in un'ampia stanza di stile occidentale, ben riscaldata, con un tappeto rosso a terra. Vi erano due grandi finestre quadrate, una accanto all'altra, che davano sul fondo del mare, dove si era depositato ogni genere di rifiuti e sudiciume. Nell'acqua sporca non si vedeva nemmeno un pesce. Accanto al telaio della finestra galleggiava una piccola forma biancastra che sembrava il cadavere di un pesce. A Hanio però ricordò un feto umano, per cui distolse subito lo sguardo. La stanza era arredata in modo piacevole e il caminetto era scaldato da finti legni che l'elettricità faceva splendere di un rosso brillante. Probabilmente avevano voluto evitare un caminetto vero, perché avrebbe mandato il fumo all'esterno.

Lì ad aspettarli c'erano tre stranieri. Il più␣anziano dei tre, con un bassotto al guinzaglio, doveva essere Henry.

"L'altra volta mi avevate chiesto se avrei voluto guadagnare 500.000 yen," esordì la donna.

"Esatto," rispose in giapponese uno degli uomini.

"Immagino che voleste chiedermi di fare da cavia per quel preparato."

"Ha indovinato: è proprio così."

"È la ragione per cui ho portato con me quest'uomo. Ho comprato la sua vita, quindi potete pagarmi i 500.000 yen."

Lo straniero, basito, parlò in inglese con Henry, poi tutti e tre insieme ebbero una discussione.

"Davvero lei si sente pronto a morire?"

"Prontissimo," rispose calmo Hanio. "Ma perché fate quelle facce stupite? Saprete perfettamente che la vita è priva di significato e l'essere umano non è altro che un pupazzo. Non è da voi stupirvi per così poco."

"Ha ragione. Nel frattempo, ci siamo dati da fare a raccogliere esemplari di *Anthypna pectinata*, li abbiamo mescolati con la *bromovalerylurea*, e abbiamo somministrato il prodotto a due, tre persone in via sperimentale. Tutto ha funzionato come speravamo, esattamente come era scritto nel libro. Non abbiamo però ancora provocato un suicidio. Ci restano quindi dei dubbi su come agisca l'istinto di sopravvivenza in quel momento. Con una persona che desidera morire, potremo finalmente procedere con l'esperimento."

"Allora per prima cosa pagate i 500.000 yen," disse la donna.

Henry diede ordine a uno degli uomini di portare il mazzo di banconote. Contò attentamente i 500.000 yen e li porse alla donna, la quale ne contò a sua volta 100.000, che infilò nella sua borsa, e diede il resto delle banconote a Hanio.

Sul tavolo era posata una pistola.

"L'arma è carica e non ha la sicura. Se punterà l'arma verso di sé e tirerà il grilletto, per lei sarà la fine," disse uno degli uomini.

Hanio si sedette su una poltrona e loro gli porsero la polvere, che mandò giù insieme all'acqua.

Non accadde nulla.

Nessun presagio che il mondo potesse cambiare, acquistando una parvenza di significato.

Un banale insetto che vola di fiore in fiore, un pigro insetto che non ha fatto altro nella vita se non ficcare il suo brutto naso nel polline dei fiori fino a soffocarsi, adesso, ridotto in polvere, era entrato nel suo corpo, ma nessun segno annunciava che il mondo stesse per trasformarsi in un prato fiorito.

Di colpo il viso duro della vecchia zitella gli si parò davanti agli occhi in tutti i suoi dettagli. Fu una sensazione senza precedenti. Ogni singola ruga sotto gli occhi di lei, ogni poro della ruvida pelle delle guance, ogni capello fuori posto, iniziarono a gridargli all'unisono, come tante campane che squillano insieme all'improvviso:

"Ti amo".

"Ti amo."

"Ti amo."

Il frastuono era tale che Hanio avrebbe voluto tapparsi le orecchie.

Se il mondo avesse potuto acquistare un senso, sarebbe stato possibile morire senza alcun rimpianto. Se invece il mondo era irrimediabilmente privo di senso, morire non aveva alcuna importanza. Era pensabile che queste due posizioni trovassero un punto di incontro? In entrambi i casi, l'unica via che restava a Hanio era la morte.

Dopo poco l'ambiente intorno a lui divenne liquido e cominciò a ruotare lentamente, ed egli vide la carta da parati gonfiarsi al vento. Dei corpi gialli, forse uccelli, formarono degli stormi che si misero a volare vorticosamente.

Udì una musica giungere da qualche parte. Quella musica provocava l'illusione di una foresta verde che ondeggiava come alghe nella corrente, di cavalli selvaggi che galoppavano in tondo sotto le piante, simili a glicini, i cui rami carichi di fiori a grappoli si piegavano verso terra.

Non capiva perché si manifestasse quella visione, ma ebbe la sensazione che quel mondo noioso come un giornale ricoperto di scarafaggi stesse compiendo ogni sforzo per trasformarsi in qualcosa di splendido. Tuttavia il suo spirito critico gli fece chiedere se quello sforzo non fosse un po' troppo evidente. Inoltre, qualcosa di totalmente insensato che si prodiga in sforzi non è uno spettacolo deplorevole?

Il suo spirito non era in uno stato di ebbrezza né di estasi. Tutt'a un tratto, il mondo subì una nuova trasformazione. Hanio vide intorno a sé ergersi innumerevoli aghi giganteschi e luccicanti, dalla cui cruna spuntarono simultaneamente fiori simili a quelli del cactus, rossi, gialli, bianchi. "Fiori dozzinali," pensò Hanio. Ma subito gli aghi si trasformarono in antenne televisive, e le pattumiere di plastica azzurra sul retro degli edifici cominciarono a galleggiare nello spazio come gli aerostati usati per la pubblicità.

"Scadente. Di una banalità totale," pensò Hanio.

"Allora? È pronto a morire?" gli giunse una voce da un punto imprecisato.

"Certo, sono pronto," rispose Hanio, e improvvisamente sentì il suo corpo farsi leggero. Fino a quell'istante si era sentito come legato alla poltrona, e adesso poteva muovere braccia e gambe liberamente. Ma quel movimento sembrava pilotato da qualcun altro, e ciò gli procurò una sensazione di deliziosa indolenza.

"Allora, le ordino di farlo. Da questo momento eseguirà quello che le dico io. La farò morire nel modo più dolce."

"Grazie."

"È pronto? Allunghi la mano destra davanti a lei."

"Così?"

"Sì, perfetto."

La voce di Hanio era puramente mentale, quindi né lui né nessuno avrebbe dovuto udirne il suono, ma stranamente la voce dell'uomo rispondeva con precisione alle sue frasi e gli dava istruzioni precise.

"Ecco, adesso tocchi l'oggetto duro e nero che è sul tavolo, e lo impugni con decisione. Sì, così, molto bene. Non deve ancora premere il grilletto. Adesso porti dolcemente la pistola alla tempia. Con calma, senza fretta, rilassi le spalle. Ci siamo? Ora deve far aderire bene la bocca della pistola alla tempia. È fredda, vero? Una sensazione piacevole. Come quando si ha la febbre alta e mettendo la borsa del ghiaccio, la testa si rinfresca. Adesso lentamente posi l'indice sul grilletto..."

17.

Hanio aveva la bocca della pistola puntata alla tempia, e stava per premere il grilletto.
Fu in quel momento esatto.
Qualcuno con un balzo gli strappò di mano la pistola e subito dopo risuonò il rumore di uno sparo, seguito dall'abbaiare assordante del cane.
Lo shock doveva avere interrotto l'effetto del farmaco, perché Hanio scosse la testa e si alzò in piedi. La stanza gli apparve nitida in modo quasi irreale. Ai suoi piedi giaceva il corpo della donna, messo di traverso e il sangue le scorreva dalla tempia.
L'uomo grasso dal viso rubicondo, quello magro che sembrava una mantide e Henry, il gentiluomo di bell'aspetto, stavano in piedi attorno al cadavere della donna, guardandola sbigottiti.
Hanio, premendosi con le mani la testa che gli vorticava, allungò il collo fra i tre uomini e osservò anche lui a lungo il cadavere. La donna stringeva forte la pistola nella mano destra.
"Cosa è successo?" chiese Hanio allo straniero dal viso rubicondo.
"È morta," rispose l'uomo in giapponese. Sembrava stordito.
"Perché?"

"Perché l'amava. L'amava davvero. Non c'è altra spiegazione. Per questo è morta al suo posto. Ma anche se non sopportava di assistere alla sua morte, sarebbe bastato strapparle la pistola dalla mano. Che bisogno aveva di uccidersi?"

Hanio si sforzava di mantenere il controllo sui propri pensieri che tendevano a confondersi. La ragione del suo suicidio era semplice. La donna si stava innamorando di lui e poiché temeva di non poter essere contraccambiata, aveva preferito morire. Non c'era altra spiegazione possibile.

"È evidente che si è trattato di un suicidio," disse lo straniero dal viso rubicondo. "Noi non abbiamo niente da temere."

Ma adesso Hanio non sembrava nemmeno sfiorato dal problema di come affrontare la situazione. Essere amato lo infastidiva di per sé; se poi ad amarlo era una donna brutta che si uccideva per lui, la cosa gli sembrava un'assurdità da ogni punto di vista. Soprattutto non riusciva a capacitarsi del fatto che per due volte aveva tentato di vendere la propria vita, e in entrambi i casi aveva provocato la morte di altri.

Hanio, curioso di vedere come gli stranieri avrebbero gestito la situazione, stava a guardare. Poteva anche darsi che finalmente qualcuno l'avrebbe fatto fuori.

I tre parlottavano fra loro a bassa voce, e il bassotto continuava a gemere vicino al cadavere. La vista del sangue sembrava aver risvegliato l'istinto feroce in quel cane troppo addomesticato. Attorno al cadavere si era formata una pozza di sangue. Era colato, senza darlo a vedere, con una certa astuzia, come se volesse approfittare della confusione per fuggire dal corpo. La donna era rimasta con la bocca aperta, e sembrava che nella buia cavità della sua bocca si celasse una scorciatoia per la fine del mondo. Gli occhi erano socchiusi e su uno era caduto un misero ciuffo di capelli.

"Mi rendo conto solo adesso che è la prima volta che vedo bene un cadavere," pensò Hanio. "Non mi era successo nemmeno con mio padre e mia madre. In fondo un cadavere è come una bottiglia di whisky che è caduta a terra rompendosi. È normale che ne fuoriesca il contenuto."

Oltre la finestra si agitava cupo il mare. Gli stranieri continuavano a confabulare tra loro di chissà cosa. Hanio, pur sapendo poco di inglese, riconobbe alcune parole come *flight number* e *airline*, e capì quindi che il discorso aveva a che fare con gli aerei.

Con la mano coperta da un fazzoletto, uno di loro tirò fuori dalla borsetta della donna le dieci banconote da 10.000 yen e le mise in mano a Hanio dicendo:

"Tutto ciò deve restare segreto. Questo denaro serve a farle tenere la bocca chiusa. Se si fa scappare qualcosa, zac!" disse, mimando il gesto di tagliargli la gola e simulando, con effetto realistico, il rumore.

Hanio si fece accompagnare dagli stranieri fino alla stazione di Hamamatsuchō. Durante il tragitto nessuno aprì bocca. Sembravano determinati a ignorare la sua presenza.

Si separò da loro alzando la mano in un gesto di saluto, senza alcuna particolare emozione, come se stesse lasciando degli amici con cui era andato a un picnic.

Comprò un biglietto del treno metropolitano e salì le scale.

Di nuovo fu assalito da una sensazione insolita.

Gli sembrò che l'anonima scalinata di cemento si estendesse all'infinito. Saliva i gradini di buona lena, ma il tempo passava e non arrivava al binario. Era come se man mano che saliva il numero degli scalini aumentasse. In cima alla scala sentiva chiaramente il fischio dei treni che partivano e arrivavano, e il rumore della folla che scendeva, ma tra questa scena e la scala su cui stava salendo sembrava non esserci alcun possibile collegamento.

Lui si sentiva già un uomo morto. Era ormai lontano dalla morale, dai sentimenti, da tutto. Eppure, non riusciva a togliersi dalla mente il peso dell'amore di quella donna. E dire che gli altri avrebbero dovuto essere per lui nient'altro che scarafaggi!

Poi a un tratto gli sembrò che la scala precipitasse all'improvviso davanti a lui come una cascata bianca e fu in quell'istante che si ritrovò sul binario. Arrivò il treno. Sentendo una profonda stanchezza, salì. L'interno del vagone era luminoso come il paradiso e completamente vuoto. Tutti i sostegni bianchi di plastica vibravano all'unisono. Lui ne afferrò uno. Ma ebbe la sensazione che fosse stato il sostegno ad afferrare la sua mano.

18.

Da quel momento Hanio passò il tempo in attesa di sapere se quanto era accaduto aveva avuto conseguenze. Questa volta era molto stanco, quindi appese il cartello con la scritta "Venduta".

Certamente era ben strano che la stanchezza, costringendolo a sospendere la vendita, servisse ad allungargli la vita. Evidentemente anche giocare con l'idea della morte richiedeva una certa energia.

Né il giornale dell'indomani né quello del giorno successivo portavano la notizia del ritrovamento, in una strana stanza segreta sul fondo del mare, di una donna suicida. Si chiese se il cadavere fosse rimasto lì a marcire.

Con il passare dei giorni Hanio recuperò le sensazioni della sua vita quotidiana, cioè quelle che aveva provato dopo il fallito tentativo di suicidio: il senso che tutto fosse falso e irreale. A vivere in un mondo così non si prova né gioia né dolore e tutto è avvolto in un alone sfumato. La mancanza di significato proiettava sulla vita, sia di giorno che di notte, una luce tenue, come un'illuminazione indiretta.

Stava cominciando a convincersi che quella donna non fosse mai esistita, come non era mai esistita nemmeno quell'assurda stanza segreta sotto il fondo del mare.

Questo pensiero lo fece sentire meglio, e così gli venne

voglia di andare in giro per la città, dove si celebravano ancora le festività del nuovo anno. Inoltre, era un bel po' di tempo che non andava a letto con una donna, e ciò lo faceva sentire strano.

Mentre camminava per Shinjuku, il suo sguardo fu attirato dal sedere di una ragazza che stava entrando in un negozio dove c'erano i saldi. Aveva notato le sue forme perché non portava il cappotto, cosa insolita per la stagione, anche se quel giorno il clima era mite. La gonna a righe di un verde sbiadito fasciava un sedere abbondante, degno delle donne di Renoir. Illuminato dal sole invernale, sembrava racchiudere nella sua massa tesa e soda la sostanza della vita. Comunicava la sensazione di freschezza di un tubetto di dentifricio nuovo, lucente e compatto, appena uscito dalla scatola, il preannuncio di una bella giornata.

Seguendo il richiamo di quel sedere, entrò anche lui nel negozio in modo quasi automatico.

La giovane donna si fermò davanti alle maglie in saldo. Ve n'erano di vari colori, ammassate disordinatamente in una grande scatola simile al recinto di sabbia di un parco giochi.

Hanio spiò di profilo il viso della ragazza, tutta assorta a esaminare la merce. Aveva le labbra strette in un'espressione concentrata. I suoi orecchini d'argento a forma di ananas, inadatti a quell'ora del giorno, facevano pensare che lavorasse in un bar di infima categoria. Ma aveva un profilo regolare e la curva del naso era squisita. Hanio, che nel vedere una donna dal naso all'ingiù si sentiva prendere dallo scoramento, grazie alla vista di quel nasino delizioso si sentì rallegrato.

"Ti andrebbe di prendere un tè?" le chiese senza troppi preamboli, e con una certa aria di sufficienza.

La ragazza non si girò nemmeno a guardarlo. Con tono indifferente rispose:

"Aspetta un momento. Devo finire di guardare".

Infilò le mani nel mucchio di maglie e ne tirò fuori una,

nera, ne aprì le maniche, dandole la forma di un pipistrello, e la studiò per qualche istante. A giudicare dalla smorfia delle sue labbra, non sembrava piacerle molto. Sul petto della maglia ondeggiava una vistosa etichetta in rosso e oro che pareva una striscia di carta tipica della festa di Tanabata.

"Il prezzo è buono," disse la ragazza come parlando tra sé. Poi per la prima volta si girò verso Hanio.

"Che ne pensi? Mi starebbe bene?" gli chiese, appoggiandosi la maglia sul petto.

Hanio fu sorpreso dal tono naturale con cui la ragazza si era rivolta a lui, come se fossero conviventi da più di dieci anni. Guardò la maglia, che fino a un attimo prima gli era sembrata un pipistrello morto e che ora, appoggiata in modo noncurante sul petto di lei, evidenziava il turgore dei seni.

"Non è male," disse.

"Allora la compro. Aspetta un minuto," disse la ragazza, dirigendosi verso la cassa.

Se lei gli avesse fatto pagare quella maglia di poco prezzo, probabilmente gli avrebbe trasmesso la sensazione noiosa di una routine domestica. Invece così poté contemplare compiaciuto la sua figura di spalle mentre controllava il denaro nel portamonete prima di pagare.

Quando si furono seduti in un caffè nelle vicinanze, lei disse:

"Io sono Michiko. Immagino che stai cercando di venire a letto con me".

"Be', più o meno."

"Che antipatico! Potresti mostrare un po' più di entusiasmo," rispose lei, atteggiandosi a donna matura, con una risata.

Tutto procedette come desiderato. Poiché lei doveva essere al lavoro alle sette di sera, Hanio la seguì fino alla sua abitazione, un appartamento poco accogliente a un paio di isolati di distanza.

Michiko, soffocando uno sbadiglio, aprì da sola la cerniera sul fianco della gonna.

"Io non sono per niente freddolosa," disse.

"Lo immaginavo. Vedendo che eri senza cappotto ho capito che dovevi avere il corpo in fiamme."

"Sei proprio antipatico, e anche snob. Anche se non ho niente contro gli snob," disse lei.

Il corpo di lei aveva un odore simile a quello del fieno, che gli evocava la campagna. Dopo che ebbero finito Hanio si chiese se qualche filo d'erba secca non gli fosse rimasto attaccato alla schiena.

19.

Hanio aveva mangiato qualcosa insieme alla ragazza in uno snack bar, l'aveva accompagnata al lavoro e, dopo essersi separato da lei, era andato a vedere un film di *yakuza*, uscendo a metà. Dovevano essere le otto passate quando rientrò nel suo appartamento.

Quando fece per aprire la porta di casa, urtò contro qualcosa e rischiò di cadere. Al buio non aveva visto che a terra, davanti alla sua porta, era accovacciato qualcuno.

"Ehi, chi è?"

Senza rispondere, un ragazzo magro e piccolo di statura si alzò in piedi.

"È proprio sicuro che è venduta?" chiese invece.

Colto di sorpresa, Hanio non capì subito a cosa si riferisse.

"Cosa?" chiese.

"Le sto chiedendo se è sicuro che la vita non è più in vendita," disse il ragazzo con una voce ancora acerba.

"Sì, come è scritto sul cartello."

"Non è vero. Si vede benissimo che lei è vivo. Se la vita fosse stata venduta lei sarebbe morto."

"Non è detto. Comunque entra," disse Hanio, che chissà perché aveva provato un'istintiva simpatia per il ragazzo, facendogli segno di accomodarsi.

Mentre lui accendeva la luce e la stufa, il ragazzo, che era rimasto in piedi, si guardava intorno, facendo un rumore come se tirasse su col naso.

"Strano però. Non sembra uno che ha bisogno di soldi. Come mai ha deciso di mettere in vendita la sua vita?"

"Non fare domande inutili. Ognuno ha le sue ragioni per fare le cose," rispose Hanio, indicandogli la sedia.

Il ragazzo si lasciò cadere ostentando un'esagerata stanchezza.

"Sono sfinito. Ho aspettato due ore."

"Hai fatto male. Il cartello parlava chiaramente."

"Ho visto il retro del cartello. Ho immaginato che quando non ha voglia lei giri il cartello dall'altra parte. Una cosa come questa posso capirla persino io."

"Bene, vuol dire che sei intelligente. Ma un ragazzo come te ha abbastanza soldi per comprare la mia vita?"

"Ho quello che serve," disse il ragazzo, aprendo uno dei bottoni di metallo dorato sul petto e tirando fuori da una tasca interna un mazzo di banconote da 10.000 yen, con fare sbrigativo, come se si trattasse dell'abbonamento della metropolitana, e li posò davanti a lui. A occhio e croce dovevano essere 200.000 yen.

"Come ti sei procurato tutto questo denaro?"

"Non l'ho certo rubato. Ho solo venduto un disegno di Fujita Tsuguharu che avevamo a casa. Ho dovuto accontentarmi di poco, ma pazienza. I soldi mi servivano con urgenza."

Nel sentirlo parlare, il ragazzo che gli era sembrato dapprima un povero topolino, si trasformò di colpo nel rampollo di una ricca famiglia.

"Sono sorpreso. Ti avevo sottovalutato. E a che scopo vorresti comprare la mia vita?"

"Io sono un figlio molto devoto."

"Buon per te."

"Mio padre è morto da tempo, e siamo solo io e mia madre. Purtroppo, però, è malata. Provo una gran pena per lei."
"Pena per tua madre?"
"Sì."
"Insomma cosa vorresti da me?"
"Detto in breve, vorrei che lei la confortasse."
"Confortare una malata?"
"Sì, ma se la confortasse non sarebbe più malata perché guarirebbe subito."
"Non capisco perché per fare questo dovrei vendere la mia vita."
"Se vuole, posso spiegarglielo," disse il ragazzo, e tirando fuori la punta della lingua, rossa e pulita, si umettò il labbro inferiore. "Da quando mio padre è morto, mia madre è insoddisfatta sessualmente. Dapprima, per riguardo nei miei confronti, si è dominata, ma poi questo problema è diventato insostenibile."
"Sono cose che succedono," commentò Hanio cortesemente, anche se l'argomento lo annoiava.

Probabilmente quel ragazzo con la divisa della scuola aveva una visione esagerata delle cose della vita. Era nell'età in cui ci si riempie la testa di drammi scadenti e si è convinti di avere capito il segreto dell'esistenza. Il ragazzo aveva qualcosa di molto maturo, ma come spesso i giovani della sua età dava l'impressione di certe piante troppo cresciute che hanno perso la fragranza. Hanio non lo prese troppo sul serio. "Ha talmente voglia di fare l'adulto che è arrivato al punto di volere comprare la mia vita," pensò.

"A un certo punto mia madre si è messa con un uomo. Ma lui se n'è scappato subito. Ne ha trovato un altro. Se n'è scappato anche questo. La cosa si è ripetuta con altri dodici, tredici uomini. C'è sempre un momento in cui li vedi diventare pallidi e poi fuggire via a gambe levate. Due o tre mesi fa la mamma è stata lasciata da uno che amava molto. Da allora soffre di una gravissima anemia e ormai è costretta a letto. Ha capito perché?"

Hanio, per discrezione preferì limitarsi a un vago "Mah…".

Il ragazzo, con gli occhi che gli brillavano, affrontò finalmente il cuore del discorso.

"Non ha capito perché? Mia madre non è una donna come le altre. È una vampira."

20.

"Ma cosa intende questo ragazzo dicendo che sua madre è una vampira?" si chiese Hanio. "Possibile che nel mondo di oggi esistano i vampiri?" Su questo il ragazzo non diede altre spiegazioni. In compenso, volle curare in modo preciso la transazione.

"Scriva per favore la cifra – 230.000 yen – e aggiunga 'Ricevo questa somma come pagamento anticipato. Mi impegno a restituirla in caso di mancata soddisfazione dell'acquirente'. E metta la sua firma," disse il giovane con tono severo, porgendogli la ricevuta. Poi, quando Hanio gliela restituì firmata, aggiunse:

"Oggi sono un po' stanco e ho bisogno di dormire. La verrò a prendere domani sera alle otto. Sarebbe meglio se cenasse prima. Le consiglio anche di sistemare i suoi affari, dato che probabilmente non tornerà a casa vivo. Ma anche se le cose andassero diversamente, starà da noi almeno dieci giorni, quindi si regoli".

Quando restò solo, Hanio si ricordò il nome che il ragazzo gli aveva fatto scrivere sulla ricevuta: Inoue Kaoru.

Forse, chissà, questa volta sarebbe riuscito a morire.

"Stanotte bisogna che dorma bene," pensò Hanio.

La sera dopo, alle otto precise, sentì bussare alla porta. Kaoru era venuto a prenderlo. Anche questa volta il ragazzo indossava l'uniforme della scuola.

Vedendo Hanio uscire dall'appartamento con aria spensierata, volle da lui un'ennesima conferma:

"Davvero la vita le importa così poco?".

"Davvero," rispose semplicemente Hanio.

"Cosa ha fatto del denaro che le ho dato ieri?"

"L'ho messo in un cassetto."

"Non lo deposita in banca?"

"A che servirebbe? Se dopo la mia morte il denaro spunterà fuori dal cassetto, è probabile che se lo intascherà il portiere del palazzo, e a me va bene così. Capirai presto queste cose anche tu. Se la mia vita viene valutata 200.000 o solo 30 yen per me non fa alcuna differenza. Il denaro fa girare il mondo solo finché uno è vivo."

Usciti dall'edificio, i due cominciarono a camminare lentamente.

"Prendiamo un taxi," disse il ragazzo, avanzando di qualche passo per fermare una vettura. La sua figura di spalle sembrava emanare una gioia incontenibile.

"A Ogikubo," ordinò il ragazzo all'autista.

"Il fatto che io muoia ti rende quindi così felice?" gli chiese Hanio.

L'autista lanciò loro uno sguardo spaventato nello specchietto retrovisore.

"No, affatto. Sono solo felice di fare una cosa gradita a mia madre."

Hanio si andava convincendo che tutta questa storia dovesse far parte del mondo di fantasia del giovane. Ma visto che i due episodi precedenti si erano conclusi in tragedia, se questa volta si fosse trovato coinvolto in una mediocre commedia, non sarebbe stato poi così grave.

Il taxi si fermò in un angolo buio di un quartiere residenziale, davanti a una casa dall'ingresso maestoso. Poiché erano scesi lì, Hanio pensò che fossero arrivati, ma il ragazzo continuò a camminare. Svoltarono a sinistra, poi, dopo aver percorso due, trecento metri, si fermarono davanti a una casa simile alla precedente. Il ragazzo infilò una chiave nella serratura di una porticina e nel buio sollevò il viso verso Hanio sorridendo.

Dentro tutto era buio. Il ragazzo aprì una serie di stanze chiuse a chiave, poi finalmente fece accomodare Hanio in un salone ben illuminato.

La stanza, rischiarata dalle lampade, aveva un leggero odore di muffa, ma era finemente arredata, con mobili antichi. C'era un caminetto vero, sormontato da uno specchio in stile Luigi XIV, appannato e con alcune incrinature, e sulla mensola un orologio dorato, sostenuto ai lati da due angeli, che doveva essere un pezzo d'antiquariato. Kaoru starnutì e si mise in silenzio ad accendere un fuoco nel caminetto.

"Non c'è nessuno qui oltre a te e tua madre?"

"No, naturalmente."

"Come fate per il mangiare?"

"Non mi faccia queste domande banali. Comunque, sono io che preparo. Dato che lei è malata, sono io che le do da mangiare."

Ora che un bel fuoco ardeva nel camino, il ragazzo prese da un mobiletto d'angolo una bottiglia di brandy di ottima qualità e un bicchiere di cristallo che riscaldò abilmente sulla fiamma, tenendone lo stelo sottile tra le dita, prima di offrirlo a Hanio.

"E tua madre?"

"Le ci vorrà almeno mezz'ora. Abbiamo un congegno per cui quando io apro la porta di ingresso il campanello sul suo comodino squilla. Lei si alza lentamente, si trucca con cura, si veste... il tutto richiede come minimo mezz'ora. A mia madre la sua foto è piaciuta, e questo l'ha messa un po' in agitazione. Lei è molto fotogenico, direi."

"Come ha fatto a trovare una mia foto?" chiese Hanio stupito.

"L'ho fatta io ieri sera, non se n'è accorto?"

Così dicendo il ragazzo tirò fuori a metà dalla tasca della sua uniforme una piccola macchina fotografica, non più grande di una scatola di fiammiferi, e la mostrò a Hanio sorridendo freddamente.

"Mi arrendo," disse Hanio, facendo girare il brandy nel bicchiere e sorseggiandolo lentamente. Nella sua immaginazione quell'aroma conferì una strana dolcezza all'incontro che avrebbe avuto di lì a poco. Kaoru, giocherellando oziosamente con i bottoni dell'uniforme, osservava la strana creatura davanti a lui: un adulto che dopo cena assapora lentamente il suo brandy. Poi di colpo si alzò.

"Ah, avevo dimenticato. Prima di andare a dormire devo finire i compiti. Mi deve scusare. Le affido mia madre. Riguardo ai funerali, conosco una ditta che fa ottimi prezzi, quindi stia tranquillo."

"Ehi, aspetta un momento," disse Hanio, ma non ebbe il tempo di finire la frase che il ragazzo era sparito.

Rimasto solo, Hanio non aveva altri modi di ammazzare il tempo se non guardandosi intorno.

Lui non faceva che aspettare che accadesse qualcosa, proprio come in quel momento. Tutto sommato, vivere non era forse la stessa cosa? A pensarci bene, quando era alla Tōkyō Ad, in quell'ufficio troppo luminoso e arredato in modo ultramoderno, dove tutti indossavano abiti alla moda e si lavorava senza sporcarsi le mani, si sentiva più morto che adesso. Ma ora che aveva deciso di morire, se ne stava lì a sorseggiare il brandy nell'attesa di ciò che gli riservava il futuro, pur sapendo che aveva in serbo la morte. Inutile negare che c'era in questo una curiosa contraddizione.

Aspettando, guardava senza interesse un disegno colorato a penna, una scena di caccia alla volpe, e il ritratto di una donna dal viso pallido, quando a un tratto si accorse che da un angolo della cornice di quest'ultimo spuntava un mazzo di fogli di carta invecchiata. Era un posto usato spesso per nascondervi dei risparmi, ma era ben strano che lo lasciassero in bella vista nel salotto. Poiché l'attesa si prolungava e la curiosità cresceva, a un certo punto Hanio, non resistendo più, si alzò, si avvicinò al quadro e tirò fuori quel mazzo di fogli.
Era evidente che non era stato toccato da nessuno da molto tempo perché era pieno di polvere. Doveva essere venuto fuori dal retro della cornice durante una pulizia. Non era di certo stato messo lì con l'intenzione di mostrarlo agli ospiti.
Il mazzo era formato da fogli di carta da scrivere. Nello sfogliarli, sprigionarono una gran quantità di polvere, e le dita di Hanio divennero nere come se avesse toccato le ali di una falena.
Su quei fogli c'era scritto:

Poesia per una vampira
di K.

Capelli in disordine
Autocontraddizione assoluta in disordine
Una bicicletta arrugginita abbandonata sulla sponda del fiume in primavera
La sua estasi erotica
Sangue
Nel mordere meccanico
Del liquido splendente
Ogni singola notte
Incapsulata

Ingoiata come una compressa
Una gallina lirica strilla
Poliziotto con endocardite infettiva
all'ingresso dell'Excelsior Hotel
alla gola dell'hotel
trascina fuori un tappeto rosso
la disciplina
piacevole assoluta rivoluzionaria disciplina
si forma il clan dei vampiri

Di poesie incomprensibili come questa, per di più scritte in una calligrafia orribile, ne esistevano a bizzeffe. Forse ambivano a essere surrealiste, ma quel genere di composizione volutamente oscura era decisamente datato. Chi poteva averle scritte? La scrittura sembrava di un uomo ma, chiunque fosse l'autore, aveva una calligrafia atroce. Hanio, giusto per ingannare la noia, provò a leggerne altre, ma cominciò presto a sbadigliare.

Nel frattempo, senza che se ne accorgesse, la porta si era aperta e una donna, magra e bella, era entrata nella stanza. Con un sussulto, si voltò a guardarla.

Portava un kimono di un azzurro lucente, chiuso in vita da un *obi* blu scuro. Era una signora sulla trentina, di squisita bellezza, anche se il corpo troppo sottile e fragile mostrava segni evidenti di malattia.

"Che cosa legge? Ah, quelle… Avrà capito chi ha scritto quelle poesie."

"Veramente…" rispose Hanio, con un vago tono di scusa.

"Mio figlio. Kaoru."

"Davvero? Kaoru?"

"Non è molto dotato, lo so. Però non avevo il coraggio di buttarle. Allo stesso tempo, non mi piacciono le poesie di quel tipo. E quindi probabilmente sono stata io a nasconderle, tanto tempo fa. Ma lei, piuttosto, come mai le ha notate?"

"Perché sporgevano fuori dalla cornice," disse Hanio, affrettandosi a rimettere il mazzo di fogli sul retro del quadro.
"Io sono la mamma di Kaoru. La ringrazio di essersi occupato di mio figlio. Spero che non le abbia dato troppo fastidio..."
"No, assolutamente."
"Prego, venga qui, si sieda accanto al fuoco. Le verserò dell'altro brandy."

Accettando l'invito, Hanio si sedette sulla poltrona da cui fuoriusciva un po' dell'imbottitura di cotone, e appoggiò comodamente i gomiti sui braccioli. I numerosi chiodini di ottone che fermavano il tessuto riflettevano la luce delle fiamme.

Aveva la sensazione di essere un professore in visita dalla moglie del presidente dell'Associazione genitori e insegnanti.

La signora versò un bicchiere di brandy anche per sé e si sedette nella poltrona di fronte alla sua.

"Benvenuto. È un piacere conoscerla," disse, sollevando il bicchiere.

Aveva al dito un grosso diamante che scintillava rossastro, rispecchiando la luce del fuoco. Accanto al camino il suo viso, esaltato dal riflesso delle fiamme in movimento, appariva ancora più bello.

"Mi dica, per caso Kaoru le ha fatto dei discorsi strani?"
"Be'... non proprio ma..."
"Ci risiamo. Sa, è un ragazzo intelligente ma, come avrà potuto notare, ha anche una fantasia esagerata. Temo che in quello che insegnano oggi a questi ragazzi a scuola ci sia qualcosa di sbagliato."
"Non potrei darle torto."
"Ma che insegnamenti gli danno questi professori? Non voglio dire che l'educazione di un tempo fosse perfetta, ma ritengo che a scuola si dovrebbe insegnare ai ragazzi quali sono i loro doveri verso la società, fargli capire l'importanza

di non creare danni agli altri. Se andiamo avanti così, le nostre rette mensili serviranno solo a farne futuri membri dello Zengakuren."

"Ha perfettamente ragione."

"Per non parlare di come oggi si esagera nell'uso del riscaldamento, col risultato che dappertutto l'aria è diventata secca. A Tōkyō, dove non fa mai molto freddo, ci si comporta come se fossimo al Nord."

"Sì, e in particolare è così nelle zone con quei palazzoni moderni. Io preferisco mille volte il caminetto, come qui da voi."

"Sono felice che la pensi così," disse la signora con un sorriso. Persino le piccole rughe che le si formavano intorno agli occhi mentre sorrideva erano belle. "Qui da noi il sistema di riscaldamento è il più naturale che si possa avere, e d'estate non usiamo l'aria condizionata. I termosifoni che si usano nei palazzi moderni seccano l'aria, e mi dicono che se uno passa una notte intera lì dentro gli può facilmente sanguinare la gola. C'è di che aver paura!"

"Finalmente entriamo in argomento," pensò Hanio, e il suo cuore accelerò un po' il battito, ma subito la signora riprese a parlare di argomenti indicibilmente banali.

"Si parla tanto di igiene ambientale, ma poi ci troviamo a combattere con i danni provocati dall'eccesso di civiltà. I gas di scarico delle automobili per esempio sono terribili. E un altro problema è che non passano a raccogliere la spazzatura."

"Di questi tempi gli addetti alla nettezza urbana non hanno voglia di lavorare."

"Proprio così. Noto che lei comprende bene i problemi delle attività domestiche. Confesso che gli uomini di oggi per me sono un mistero. Gli scapoli si intendono dei problemi della casa, mentre gli uomini sposati da questo punto di vista non ci vedono e non ci sentono. Lei naturalmente è scapolo, vero?"

"Sì."

"È così giovane... A giudicare dal suo aspetto, dev'essere nell'età in cui il sangue ribolle nelle vene. Posso chiamarla Hanio?"

"Certamente."

"Grazie, ne sono felice. Hanio... a proposito, cosa ne pensa del divorzio di Kusano Tsuyuko? I settimanali non parlano d'altro."

"Le attrici del cinema sono tutte così," rispose Hanio seccamente, sperando che la signora intuisse il suo rifiuto a discutere dei pettegolezzi sulle dive, argomento che non gli interessava minimamente. Lei, tuttavia, non colse la sua intenzione.

"Sarà come dice lei, ma quello che non capisco è come mai Kusano Tsuyuko, che aveva una vita matrimoniale così felice, improvvisamente abbia voluto divorziare. I giornali hanno scritto come sempre che è stato a causa dei tradimenti del marito, ma io penso che non si sia trattato solo di quello. Kusano Tsuyuko è nata a Kyōto e di lei si dice che in casa fosse di un'avarizia incredibile. Pare che gli lesinasse anche le piccole spese, e forse col tempo questa pressione gli è diventata insopportabile. Una moglie dovrebbe permettere al marito di vivere con una certa agiatezza. Hanio, lei conosce la verità?"

"No, non ne so nulla," rispose Hanio bruscamente, non riuscendo a trattenere la noia e l'irritazione. In quel momento la mano della signora si posò sulla sua, ancora ferma sul bracciolo, come ad avvolgerla. Solo allora lui si accorse che le poltrone, fino a poco prima lontane, disposte com'erano ai due lati del caminetto, erano vicinissime. La mano di lei, nonostante la prossimità del fuoco, era gelida.

"Mi scusi, l'ho annoiata," disse. "Forse lei non va spesso al cinema."

"Non è che non ci vada. Ma di solito guardo soltanto film di *yakuza*."

"Ah sì? Adesso pare che i giovani amino soprattutto le storie che hanno a che fare con le automobili. O almeno così scrivono sui settimanali. Io però ho il terrore della guida spericolata. Penso che non ci sia morte più assurda di quella per incidente stradale."

"Ha ragione."

"Quello del traffico è il primo problema che il governatore di Tōkyō dovrebbe impegnarsi davvero a risolvere. Se poi ci sono feriti gravi... io ho assistito a un incidente sulla statale Keihin n. 1 in cui l'ambulanza tardava ad arrivare. Erano tutti indignati. Perché nel frattempo il sangue continuava a scorrere. La cosa ideale sarebbe trasportare in fretta i feriti in ospedale per fargli una trasfusione. Anche se poi c'è il problema di quelli che vendono sangue che potrebbe essere infetto. È una cosa che mi fa paura. Come niente si può prendere un'epatite."

"È vero."

"Lei ha mai donato il sangue?"

Alla luce del fuoco, gli occhi della signora luccicavano.

21.

"No, non l'ho mai fatto."
"Davvero? Lei sta venendo meno a un dovere verso la società. Nel mondo ci sono tante persone in difficoltà per mancanza di sangue. Non pensa che lei, come uomo, dovrebbe aiutare queste persone sfortunate, anche a costo della sua vita?"
"È per questo che sono venuto qui stasera! Sono pronto a gettar via la mia vita, e lo sono da tempo," sbottò Hanio, così irritato da alzare finalmente la voce.
"Davvero? Se è così..." rispose la signora con un sorriso malizioso, guardando Hanio dritto in faccia. Suo malgrado, Hanio rabbrividì.
Dopo un breve silenzio, la signora disse:
"Ho sentito che si fermerà a dormire...".
Nella casa, dove era ormai notte fonda, il silenzio era assoluto. Sicuramente anche Kaoru dormiva.
La stanza da letto dove lei lo condusse, in stile giapponese, era al primo piano, in fondo alla casa. Non sembrava la stanza di una persona malata. Anche l'odore non era quello di una donna costretta a letto, sapeva piuttosto di freddo e di muffa.
La signora accese una dopo l'altra tre stufe sistemate in tre angoli della stanza. Un odore di petrolio si diffuse subito

nell'ambiente. Hanio immaginò che cosa sarebbe successo se quelle torri di fuoco dall'apparenza instabile fossero cadute a terra tutte insieme.

Il *futon*, essendo composto da tre strati, era abbastanza alto, e nel mettervi i piedi sopra la signora, che si era tolta il kimono e adesso indossava solo la sottoveste, perse l'equilibrio, e Hanio dovette sostenerla.

"A causa di questa brutta anemia, da qualche tempo ho spesso dei capogiri," disse lei un po' imbarazzata.

Il *futon* era vecchio ma di ottima qualità, con un bel rivestimento di seta. Il difetto stava nell'imbottitura di cotone, nella quale probabilmente era penetrata l'umidità, problema tipico di quando i *futon* non vengono asciugati al sole. A causa di ciò il *futon*, che avrebbe dovuto essere leggero, risultava invece pesante.

Nello sfilarle lentamente la sottoveste, Hanio fu sorpreso dalla freschezza della sua pelle. Era difficile credere che quella donna fosse la madre di un adolescente. Il fatto che avesse l'aspetto di una trentenne poteva dipendere da un trucco sapiente del viso, ma la pelle del corpo – bianca, liscia, compatta, fredda – era di porcellana. Non si vedeva una ruga, non un cedimento. Ciò detto, non si poteva definire una pelle sana e pulsante di vita. Faceva piuttosto pensare a una candela profumata. Non vi si percepiva nessuna sorgente di vita. In ogni corpo umano da qualche parte esiste qualcosa che, irradiandosi dal centro, fa splendere tutta la persona, ma in lei questo elemento era assente. Brillava di una luminosità mortuaria. La sua magrezza si percepiva dalla lieve sporgenza delle ossa del bacino, ma i seni erano pieni e armoniosi, e la pancia morbida e bianca come un recipiente colmo di un latte densissimo.

Hanio, sentendo crescere dentro di sé un'eccitazione inconsueta, avrebbe voluto farla sua, ma lei, dopo essersi lasciata accarezzare distrattamente per un po', si liberò dal suo ab-

braccio con i movimenti sinuosi di un serpente e, un attimo dopo, senza nemmeno accorgersene, Hanio si ritrovò sotto di lei.
Non vi era stato in questo alcun atteggiamento dominante da parte della donna. Era scivolata con arcana maestria sul corpo di lui, come un serpente che spunta sulla superficie di una foglia di fragola, senza in nulla ferire il suo orgoglio maschile.
Hanio era in uno stato di estasi indicibile. Fiutò un lieve odore di alcol. Era in atto una purificazione. "Un bisturi?" pensò, chiudendo istintivamente gli occhi, e in quel momento sentì il freddo bruciore dell'alcol sul suo avambraccio, e subito dopo fu attraversato da un dolore acuto.
"Comincio dal braccio," sussurrò la signora. "Che braccia muscolose ha..."
Il dolore mutò, come se qualcosa gli premesse la ferita, e capì che erano le sue labbra che succhiavano. Vi fu una lunga pausa. Udì un rumore sommesso, come se la gola di lei stesse ingoiando qualcosa. Quando capì che era il suo stesso sangue, Hanio rabbrividì.
"Era squisito, grazie. Per questa sera mi fermo qui."
Le labbra della donna, che si era avvicinata al suo viso per chiedere un bacio alla luce della lampada, erano sporche di sangue. Hanio vide le sue guance brillare vivide, come gli erano apparse prima alla luce del fuoco. Era un colore pieno di vita. I suoi occhi emanavano la sana vitalità di una normale giovane donna che cammina per le strade della città.

22.

E così Hanio rimase a vivere in quella casa.
Ogni sera, senza eccezione, si lasciava succhiare il sangue. Lei cominciava ad attaccare anche le zone più pericolose, aprendogli le vene una dopo l'altra, e anche la quantità di sangue prelevata aumentava.
Un pomeriggio la vide mentre era china su una mappa dettagliata del sistema circolatorio dell'uomo, intenta a studiare tutte quelle vene e arterie colorate in blu e rosso. Sebbene lui vivesse lì nella piena consapevolezza di ciò che accadeva, nel vedere la figura di spalle della signora, e nel sapere che il proprio corpo era trattato alla stregua di un grafico da esaminare e studiare, ancora una volta non poté reprimere un brivido.
Ma a parte questo, la vita in casa Inoue si svolgeva in modo estremamente civile.
La mattina, quando i passeri cominciavano a cinguettare e il cielo oltre la finestra si rischiarava, tra sonno e veglia Hanio si accorgeva che la signora si alzava dal letto, e lui riprendeva a dormire.
Lei preparava la colazione per suo figlio.
Già dalla mattina dopo che Hanio aveva dormito lì, aveva ripreso le forze tanto da sembrare un'altra.
Si svegliava così di buon umore che si metteva subito a

canticchiare. Hanio cominciava ad alzarsi solo quando sentiva il rumore dei passi di lei che rientrava a casa dopo avere accompagnato il figlio a scuola. Vedeva ogni mattina il suo viso acquistare salute e splendore.

Ma la persona più felice era Kaoru.

Una volta che lui e Hanio erano rimasti soli, gli disse: "Ho fatto davvero un ottimo acquisto, il migliore da quando sono nato. Non rimpiango affatto di avere venduto il disegno di Fujita Tsuguharu, anche se era un ricordo di mio padre. Dalla mattina dopo che lei è venuto qui, mia madre ha ripreso di colpo le forze. Da allora mi prepara la colazione e c'è allegria in casa. È grazie a lei, signor Hanio, se ho potuto aiutare mia madre, e io stesso posso finalmente dirmi felice.

Tutto questo non sarebbe stato possibile senza di lei.

Ma ogni tanto mi prende l'ansia. Quando lei morirà, che ne sarà della mamma e di me? Noi due abbiamo trovato finalmente in lei la persona ideale.

Vorrei tanto che lei vivesse per sempre, e sicuramente anche mia madre vorrebbe la stessa cosa, perché la ama sempre di più, ma so che presto finirà per ucciderla.

Ma fino ad allora, intendo dire fino a quando non morirà, la prego, non la lasci. Continuiamo a vivere in armonia come adesso. Con tutta sincerità le dico che poter avere una vita familiare felice come questa è sempre stato il mio sogno".

Nel sentire queste parole, Hanio si commosse un po'. Anche lui, quando erano tutti e tre, "genitori e figlio", a godersi l'intimità domestica, per esempio dopo cena davanti alla televisione, non poteva fare a meno di pensare che formassero una famiglia ideale.

Kaoru era uno studente serio e diligente, e anche mentre guardavano la televisione teneva aperto sul tavolo il libro di inglese, e a ogni stacco pubblicitario tornava a guardarlo e a proseguire con la lettura. Quanto alla signora, ormai tanto in salute da essere irriconoscibile, preparava ogni sera cene squisite, nelle quali non mancavano mai piatti altamente nutrienti come fegato, carne e uova. Grande cura dedicava anche alle pulizie di casa, facendo risplendere quegli ambienti sino ad allora odorosi di muffa. Perfino mentre guardava la televisione, lavorava a maglia con quelle sue dita bellissime e affusolate, il viso illuminato da un sorriso che aveva qualcosa di sacro. Hanio, da parte sua, aveva cominciato a leggere con una certa attenzione le notizie internazionali su quegli stessi giornali che fino a poco tempo prima erano per lui file di scarafaggi.

Ma "i coniugi" andavano volentieri anche fuori.

Se lui usciva di casa, però, era sempre e solo con lei.

Prima di uscire la signora legava il polso destro di Hanio al suo polso sinistro con una catenina d'oro, che gli toglieva appena rientrati in casa.

La catenina era talmente sottile che nessuno la notava, e se lei la tirava leggermente, Hanio avvertiva solo la tenue resistenza del metallo contro il suo polso.

Col passare del tempo però Hanio cominciò a trovare faticose quelle uscite.

Non solo perché gli piaceva oziare a casa e godersi l'atmosfera domestica, ma perché il suo fisico si faceva ogni giorno più debole, e ciò gli toglieva il desiderio di avventurarsi all'aperto.

A volte, se accelerava il passo per raggiungere il semaforo, gli capitava di avere un capogiro. In momenti come quelli si rendeva conto che non gli restava più molto tempo, ma ciò non gli dava angoscia. Piuttosto, la sensazione dominante era di fatica.

La cosa di cui lui stesso si stupiva era il fatto di non provare mai paura, e nemmeno voglia di vivere. Ogni giorno che passava sentiva crescere il sonno e la debolezza, e con l'avvicinarsi della primavera aveva il presagio che sarebbe svanito dissolvendosi nella nuova stagione.

Un giorno Hanio si recò insieme alla signora al suo appartamento per pagare l'affitto.
Venne fuori il portiere, che gli disse:
"Si può sapere dov'è stato? Non vedendola più, mi sono preoccupato... Ma ha una bruttissima cera, è malato?".
"No."
"Mi ha fatto spaventare. Appena l'ho vista, mi è sembrato di vedere un morto."
Hanio capì che il portiere, al quale piacevano molto le donne, era attratto dalla signora che era al suo fianco, e cercava di prenderlo da parte per saperne di più sui loro rapporti, ma la catenina gli impediva di accontentarlo.
"Voglio dare un'occhiata all'appartamento," disse Hanio.
"Si accomodi, è ancora casa sua."
"Dopo le pagherò sei mesi di affitto anticipato."
Lui e la signora entrarono in casa. Hanio controllò il cassetto chiuso a chiave in cui aveva messo il denaro, e verificò che i 230.000 yen erano ancora lì. Evidentemente al mondo esistevano ancora dei princìpi morali.
La signora insisté per essere lei a pagare la cifra, ma Hanio rifiutò e diede al portiere 120.000 yen, corrispondenti all'affitto di sei mesi, facendosi dare la ricevuta.
"Sei un esempio di correttezza," gli sussurrò lei.
"Ma no, volevo lasciare alcune cose per quando non ci sarò più. Non avendo parenti..." rispose, anche lui sottovoce.
Controllò che il cartello con la scritta "Venduta" fosse ancora al suo posto, si infilò sotto il braccio un mucchio di posta accumulata, e insieme alla signora si avviò verso *casa*.
Era contento di aver rimediato qualcosa da leggere.
Ma appena aprì una delle lettere, sentì un'irritazione agli occhi e sul foglio di carta vide formarsi dei vortici che gli abbagliavano la vista.
Da qualche tempo, quando era davanti allo specchio a farsi la barba, il riflesso del proprio viso, con quel colorito

terreo, gli era diventato insopportabile, ma fu quel giorno che per la prima volta, a causa della difficoltà a leggere, si rese conto di quanto la sua anemia fosse peggiorata.
"Che succede?"
"Niente, ho la vista annebbiata e faccio fatica a leggere."
"Poverino," disse lei con tono vivace. "Vuoi che ti legga io?"
"No, non c'è bisogno."
Sapeva che nella posta non c'era niente d'importante.
C'era la lettera di un vecchio compagno di classe.
Trovò anche alcune lettere di sconosciuti.

"Non ho idea di che persona sei, ma ho visto l'annuncio 'Vita in vendita'. Penso che sia uno scherzo, ma non me la sento di ignorarlo, ed è per questo che scrivo questa lettera.
"Il corpo è qualcosa che riceviamo dai nostri genitori. Cercare di non danneggiarlo è una forma di rispetto che dobbiamo loro." Non conosci queste parole di un antico saggio? Certamente no. Uno che pubblica un annuncio come il tuo non può che essere un ignorante.
Cosa credi di fare sprecando così la tua vita? In questo mondo dominato dal mercimonio, vuoi scambiare con del vile denaro la vita preziosa che prima della guerra gli onorati sudditi del Giappone, altrimenti detti "tesoro dell'imperatore", consacravano alla patria?
Io che sono pieno di rabbia contro questo mondo governato dal denaro, mi rendo conto che se siamo in questo stato è a causa di feccia umana come te. Il tuo annuncio è davvero spregevole. L'unica cosa che posso dire è che rappresenta il grado estremo di decadenza morale."

La lettera proseguiva ancora sullo stesso tono per altre sette, otto pagine. Hanio si immaginò l'autore come un uomo disoccupato di mezza età, dal viso colorito e l'aria arrogante, e con tanto tempo a disposizione. Fece fatica a strappare quel mucchio di fogli prima di gettarli. Capì che le sue dita non avevano più la forza nemmeno per un'azione come quella.

La lettera successiva, scritta da una donna, era piena di errori: "comprare" al posto di "vendere", "scampare" invece di "scambiare" e così via. Al netto degli errori, il contenuto era più o meno così:

"Cavolo, sei uno dritto! Vendere la vita è una furbata pazzesca. E poi dirlo come fai tu, chiaro e tondo! Ma adesso è tutto a posto? Stai bene? Siccome la vita la voglio vendere anch'io, perché non facciamo un bello scambio? Ma uno scambio speciale, io e te da soli. Vedrai che la mattina dopo la vita ci sembrerà bellissima. Saremo così felici che avremo voglia di fischiettare la la la la in un giardino di rose rosse. Mi vuoi sposare?".

Vi erano anche altre missive sullo stesso tono.

Dopo averle lette tutte, Hanio, ormai stanco, chiese alla signora di strapparle. A lei il gesto non causò alcuno sforzo, e fece a pezzi il mazzo di fogli con tanta foga che il sangue affluì alle sue dita graziose.

"Domani sera chiederò a dei parenti di ospitare Kaoru per la notte," sussurrò lei quella sera a Hanio, in camera da letto. Il tono della sua voce era particolarmente serio.

"Perché?"

"Perché vorrei che fossimo noi due soli per poter godere senza alcun limite."

"Ma non è quello che facciamo tutte le sere? Godere senza alcun limite."

"Domani sera sarà diverso," disse lei sorridendo.

Mentre il suo respiro caldo sfiorava il naso di Hanio, lui ebbe l'impressione di avvertire un lieve odore di sangue.

"Domani sera non voglio assolutamente coinvolgere Kaoru."

"Ma andrà a dormire fuori senza fare storie?"

"Sì che andrà. È un ragazzo che capisce bene le situazioni."

"E poi?"

La signora restò in silenzio per qualche istante. Alla luce della lampada i suoi capelli, che negli ultimi tempi sembravano essere diventati più brillanti, ondeggiavano.

"Scusa se te lo dico, ma mi sono stancata del sangue delle tue vene. Il sapore non è abbastanza intenso e poi, non so, manca di freschezza. Domani sera, vorrei finalmente gustare il sangue delle tue arterie."

"In altre parole, per me è venuto il momento di morire."

"Sì. Ho riflettuto a lungo su quale arteria scegliere, e ho deciso per la carotide. Sono stata attratta dal tuo grosso collo sin dall'inizio. Quando ti ho visto la prima volta avrei voluto subito morderti lì, ma fino ad ora mi sono trattenuta."

"Serviti pure."

"Evviva! Sei una persona adorabile. Sei il primo vero uomo che ho incontrato in tutta la mia vita. E poi…"

"E poi?"

"Dopo avere bevuto a volontà il sangue della tua arteria, farò cadere a terra queste stufe a petrolio e darò fuoco alla casa."

"Ma così tu…"

"Certo, finirò bruciata, c'è bisogno di chiederlo?"

Hanio sentì di avere incontrato anche lui, per la prima volta nella vita, la sincerità assoluta in una persona. Chiuse gli occhi. Le sue palpebre ebbero un tremito nervoso.

E poi infine giunse la sera del giorno dopo.

23.

"Ti va di fare una passeggiata, noi due, prima di lasciare il mondo?" disse la signora.
Era venuto il giorno della loro morte. Per essere inverno, era una bella serata calda. Kaoru, all'uscita da scuola, era andato direttamente a casa di parenti.
"Qui vicino c'è un piccolo parco. Conserva ancora l'atmosfera dell'antica Musashino, e i rami nudi degli alberi di *keyaki* sono molto belli. Mi piacerebbe vederli un'ultima volta."
"Perché? Restiamocene a casa."
"Vorrei fare quest'ultima passeggiata insieme, per portare con me un ricordo di questo mondo. Come due fidanzatini."
"Va bene, ma non più di mezz'ora."
La verità era che per Hanio uscire era diventato davvero difficile. Il suo fisico gli permetteva appena di stare in piedi appoggiandosi a una colonna, ed era così debole che già solo quello sforzo gli dava il capogiro. In tali condizioni non era in grado di affrontare una passeggiata a cuor leggero. La sua spossatezza era così estrema che avrebbe preferito piuttosto lasciarsi aprire le arterie mentre sonnecchiava.
"E poi non mi piace farmi vedere dalla gente con questa faccia da cadavere."
"Non dire così. Invece hai acquistato un colorito ideale.

Non capisci quanto doni il pallore agli uomini. È così romantico! Sono convinta che Chopin avesse proprio questo aspetto."

"Smettila per favore, io non soffro di tubercolosi."

Mentre facevano queste chiacchiere oziose, la signora si era cambiata per la passeggiata, indossando un abito in pelle, e si avvicinò a lui con la catenina d'oro in mano. Hanio, che nel frattempo si era infilato un maglione dal vivace color albicocca per smorzare un poco il suo pallore, si lasciò mettere la catenina al polso, come un cane che viene portato a passeggio, e i due uscirono insieme.

Una volta fuori, in effetti, si sentì meglio. L'aria era fresca, e anche se aspirandola a pieni polmoni il suo peso lo faceva vacillare, poter godere un'ultima volta del tramonto non gli dispiaceva.

"Mi chiedo se ho mai amato la vita, anche solo una volta..." pensò Hanio.

Di questo non era affatto sicuro.

Gli sembrava adesso di stare, forse, cominciando ad amarla, ma magari dipendeva dal fatto che, essendo così debilitato, la sua mente non funzionava a dovere.

La bellezza del cielo al tramonto lo commosse. Il cuore batteva troppo forte, con un ritmo irregolare, e le tempie gli pulsavano. Poi si accorse di un gruppo di giganteschi alberi di *keyaki*, i cui rami nudi si estendevano sopra i tetti delle case a formare un finissimo merletto.

"Guarda. Quello è il famoso bosco di *keyaki*," disse la signora.

Finalmente, quella sera, Hanio sarebbe morto. Il fatto che la cosa sarebbe avvenuta senza l'impiego della sua volontà gli dava una gioia particolare. Il suicidio era un atto complicato, esageratamente drammatico e poco consono ai suoi gusti. Quanto all'essere ucciso da altri, perché accadesse ci voleva una ragione. Lui non ricordava casi di odio o rancore nei propri confronti, e aborriva il pensiero di suscitare negli altri emozioni tanto forti da spingere qualcuno a ucciderlo. Vendere la propria vita era un metodo splendido, che lo liberava da ogni responsabilità.

Ma perché le cime di quei bellissimi alberi di *keyaki* catturavano l'azzurro pallido del crepuscolo con tanta insuperabile maestria, come se avessero lanciato una rete nel cielo? Come mai la natura era così inutilmente bella e gli esseri umani così inutilmente molesti?

"Tanto anche tutto questo tra poco finirà. La mia vita sta per spegnersi..." e a questo pensiero sentì il petto rinfrescarsi come se avesse aspirato profumo di menta.

I due stavano passando davanti alla tabaccheria, situata all'ingresso del parco, che aveva all'esterno una cassetta per la posta rossa. Nel negozio si vedeva la vecchia che lo gestiva.

I ricordi di Hanio si fermavano a questo punto.

Poi sentì un vortice bianco alla nuca, barcollò, ebbe la sensazione di cadere e si aggrappò con la mano a qualcosa. Infine, perse i sensi.

24.

Quando riprese coscienza, era in un letto di ospedale.
Era già notte e un'infermiera grassottella leggeva una rivista sotto una lampada, all'ombra di un paralume.
"Che cosa mi è successo?" chiese Hanio.
La risposta della donna gli giunse attraverso un terribile ronzio alle orecchie.
"Si è svegliato? Cerchi di riposare tranquillo. Non c'è più niente di cui preoccuparsi."
"Ma cosa è accaduto? So di essere caduto davanti a una tabaccheria ma…"
"Ha una grave anemia che le ha provocato una sincope. Penso che qualcuno della tabaccheria abbia chiamato un'ambulanza. L'hanno portata qui d'urgenza."
"Di nuovo l'ambulanza," disse Hanio deluso. "E allora?"
"Allora cosa?"
"Cosa mi è stato diagnosticato?"
"Un'anemia perniciosa. Il dottore, quando le ha fatto il prelievo, era stupito. Il suo sangue era giallastro e acquoso. Era soprattutto sorpreso dal fatto che in quelle condizioni lei potesse andare in giro a piedi. Il suo stato era tipico delle persone che vendono quantità eccessive di sangue, e rischiano la vita, ma da come era vestito non sembrava uno che ha

bisogno di vendere il sangue, poi era insieme a sua moglie, una signora così bella."
"Ah, quella signora dove si trova?"
"Non è sua moglie?"
"Dov'è?"
"È rientrata a casa. Probabilmente si sarà tranquillizzata sentendo che con un mese di ospedale, una terapia per ripristinare i globuli rossi e una buona alimentazione, potrà recuperare in pieno la salute. Ha detto anche che aveva da fare a casa. Sarà stato tre ore fa."
"E in questo tempo io non ho mai ripreso conoscenza?"
"No, se fosse stato così ci saremmo preoccupati. Il medico, insieme al farmaco per l'anemia e alle sostanze nutritive, le ha somministrato un sedativo. Il riposo è la cosa più importante. Riposo assoluto. Non deve muoversi né agitarsi."
"Ma lei..."
"Sua moglie è davvero una donna splendida: non solo bella, ma anche piena di premure. Comunque, a differenza sua, in piena salute. Non è che le avrà succhiato tutta l'energia?"
"..."
"Prima di andar via ha voluto pagare in anticipo le spese ospedaliere per tutto il mese con un assegno. Ha insistito persino a voler dare un pensierino anche a me, per la verità molto generoso. Tutto si può pensare di lei, tranne che sia uno che ha bisogno di vendere il sangue!"
Hanio restò per un po' in silenzio, a occhi chiusi, poi improvvisamente fu attraversato da un pensiero e saltò su di colpo.
"Accidenti!"
"Che le prende? Non si deve agitare."
"È una cosa grave. Devo fare una telefonata, è urgente."
Hanio le disse il numero di telefono di casa Inoue, e l'infermiera, continuando a ripetergli che non doveva muoversi,

fece il numero sul telefono accanto al letto. Hanio aspettò con ansia, il cuore che gli batteva all'impazzata.
"Non risponde nessuno."
"Ma sta chiamando?"
"Sì, ma squilla a vuoto."
Appena l'infermiera ebbe posato il ricevitore, si sentì dalla strada il rumore di una sirena dei pompieri.
"Ah, un incendio. In questo periodo, con l'aria così secca, è pericoloso."
Hanio, in silenzio, sentì il suono della sirena avvicinarsi progressivamente, mischiandosi poi con una sirena che arrivava da una direzione diversa.
"Dove siamo?" chiese a un tratto all'infermiera.
"Eh?"
"Le sto chiedendo dove si trova questo ospedale."
"A Ogikubo. Siamo nella parte più alta di Ogikubo, e infatti l'ospedale è famoso anche per la sua bellissima vista. Chi deve fare degenze lunghe si può godere il panorama. È come stare in albergo. In più lei ha una stanza speciale."
"Da qui si vede il quartiere X?"
"Sì, certo, è dall'altra parte del parco, no?"
"Sì. Per favore, guardi dalla finestra se l'incendio è in quella zona."
I suoni delle sirene si incrociavano e aumentavano di intensità. L'infermiera, dopo avergli raccomandato ancora una volta di non muoversi, andò alla finestra, la aprì leggermente e guardò fuori.
"Ecco, vedo l'incendio. Ed è proprio nel quartiere X!" gridò l'infermiera.
Hanio intravide, oltre la sagoma dell'infermiera, un cielo talmente rosso da riflettersi sul bianco dell'uniforme della donna. D'impulso tentò di alzarsi dal letto ma fu colto da un capogiro e svenne.

25.

Nonostante le sue ripetute domande, non gli venne più data nessuna informazione sull'incendio.

Ricevette la visita di un uomo, vestito in borghese ma con tutta evidenza un ispettore di polizia, il quale lo sottopose a un breve interrogatorio in presenza del medico. Hanio si rese conto che ormai era impossibile nascondere la verità.

"Quali erano i suoi rapporti con la signora Inoue?" chiese l'ispettore, il cui alito cattivo arrivava fino al letto.

"Ero semplicemente un amico."

"Lei è svenuto mentre passeggiava con la signora ed è stato trasportato qui, giusto?"

"Esatto. Quindi perché..."

Il medico tentò di bloccarlo con un'occhiata, ma non fece in tempo, e l'ispettore gli riferì i fatti senza abbellimenti.

"Nell'incendio di ieri la vedova Inoue è morta bruciata. La signora, che aveva fama di donna dai comportamenti piuttosto licenziosi, era sola quando la casa ha preso fuoco, e la situazione presenta alcuni punti oscuri. Il figlio era ospite di alcuni parenti, e quando ha visto la madre si è aggrappato al suo cadavere piangendo, povero ragazzo. Pare che sia molto bravo a scuola. Quanto a lei, ha un alibi perfetto, quindi non ha niente da temere. Basta solo che risponda a qualche semplice domanda."

Nel sentire ciò, Hanio non poté trattenere le lacrime, cosa che colse di sorpresa lui per primo. Non aveva mai pensato che la morte di qualcuno potesse rattristarlo.

"Quello che posso dirle è che amavo quella donna," disse con tono eccitato.

"Ci sono problemi legati all'eredità della defunta?"

"La prego, non mi ponga domande così meschine."

Il medico sussurrò qualcosa all'orecchio dell'ispettore.

"Bene, si riguardi," concluse con tono professionale, congedandosi.

L'anziano medico, chinando il capo verso Hanio steso a letto, gli disse pacatamente:

"Immagino che la situazione non sia facile, ma adesso la cosa più importante è che lei si prenda cura della sua salute, con calma e pazienza. Le spese per la sua degenza sono state già lautamente pagate. Credo che l'ultimo desiderio della signora fosse che lei si curasse bene, per recuperare la salute prima possibile. Lei è giovane, non si lasci abbattere da questo sfortunato incidente, e si faccia forza. L'effetto delle medicine dipende molto dalla psiche. Sapere che presto lei, perfettamente guarito, muoverà i suoi passi con entusiasmo nella sua nuova vita, sarà il conforto più grande che potrà dare alla signora. Ma adesso è ora di farle un'iniezione calmante".

Hanio provava una certa simpatia per quel dottore, magro come un vecchio cervo e più simile a un pastore protestante che a un medico, ma aveva la sensazione di avere già sentito – non sapeva dove – parole di incoraggiamento simili, imbevute dello stesso buon senso.

Poi si ricordò. Era stato quando, dopo l'avvelenamento, era stato dimesso dall'ospedale. Anche se le circostanze erano diverse, le parole erano più o meno identiche. Parole grondanti di passione che incoraggiavano a vivere, che esaltavano la vita, e non tenevano in nessun conto la vera condizione della persona.

26.

Il giovane corpo di Hanio, indifferente alle preoccupazioni della mente, col passare dei giorni acquistava sempre più forza. Il dottore gli disse che un mese di ricovero non si rendeva più necessario, e che avrebbe potuto essere dimesso nel giro di due settimane.

Un giorno, senza alcun preavviso, Kaoru venne a trovarlo. Hanio, temendo che il ragazzo lo avrebbe ricoperto di accuse, non aveva il coraggio di guardarlo negli occhi. Kaoru era invece di ottimo umore. Senza curarsi della presenza dell'infermiera, gli parlò in modo aperto e schietto.

"Sono venuto, Hanio, perché volevo farti sapere quanto ti sono grato.

So che stanno facendo indagini per accertare se è stato un suicidio, un incendio doloso, se la casa ha preso fuoco per cause naturali, ma comunque vada, mia madre è morta e su questo hanno ben poco da dire.

L'ho capito solo adesso, ma lei non era fatta per vivere. E per questo la cosa migliore che posso fare è tenermi cari i momenti felici di noi tre che abbiamo vissuto insieme. Se almeno tu, Hanio, resterai vivo, potremo ogni tanto condividere insieme quei ricordi. In ogni caso penso che grazie a te mia madre abbia potuto per la prima volta nella vita assaporare la felicità. Ti sono veramente grato."

Pronunciando queste parole, che dimostravano una sorprendente maturità, il ragazzo si commosse e nei suoi grandi occhi si formarono grosse lacrime che caddero sui pantaloni della sua uniforme.
"Vieni spesso a trovarmi. E quando avrai bisogno di qualche consiglio, ci sarò."
"Va bene, grazie."
"A proposito, c'è un favore che vorrei chiederti. Per fortuna ho la chiave del mio appartamento. Avevo sempre il portachiavi nella tasca dei pantaloni, e quindi si è salvata dall'incendio. Mi dispiace darti questa seccatura, ma se ti do la chiave potresti andare a dare un'occhiata all'appartamento?"
"Oh no, vuoi riaprire la vendita?" disse il ragazzo, arretrando istintivamente. "Lascia perdere, non ne hai avuto abbastanza?"
"No, tranquillo. Vorrei solo che andassi a controllare se tutto è a posto. E poi ci sarà della posta infilata nella porta che mi dovresti portare: non ti chiedo altro."
Il ragazzo accettò e andò via. Subito l'infermiera, che aveva perso ogni riserbo, gli chiese:
"Allora, si può sapere qual è la sua attività?".
"Non sono affari che la riguardano."
"E via, sono curiosa."
"Faccio il gigolò. Non lo aveva capito?"
"Ah sì? Di certo sarebbe troppo caro per i miei poveri mezzi."
"Per donne giovani posso offrire i miei servizi anche gratis."
"Però!"
L'infermiera si tirò su l'orlo della divisa bianca, mostrando delle calze bianche tenute da un reggicalze e, poco sopra, la carne delle cosce di un color ocra come la terra in campagna.
"È questo che intendevi quando parlavi della bella vista che si gode da questo ospedale?"
"Può darsi. Ah, ma allora hai riacquistato le forze?"

Hanio, senza rispondere, attirò l'infermiera verso di sé sul letto abbracciandola.

Era tardi quando Kaoru tornò in ospedale.

Hanio lo aspettava preoccupato, ma finalmente dopo la cena il ragazzo apparve, e buttò la posta sul letto dicendo: "Accidenti, che paura!".

"Che è successo? L'infermiera è andata via, e non verrà nessun altro, quindi non ti preoccupare e parla liberamente."

Kaoru ansimava.

"Ho aperto la porta e, mentre controllavo la casa, all'improvviso sono entrati due uomini."

"Giapponesi?"

"Sì, perché?"

"Niente, ho pensato che potessero essere stranieri. E allora?"

"Uno dei due mi ha afferrato da dietro e mi ha chiesto: 'Sei tu che hai messo l'annuncio?'. Per poco non mi è venuto un colpo. L'altro è intervenuto dicendo: 'Ma no, non vedi che è un bambino?'. 'Giorni che gli facciamo la posta, e quando penso di averlo preso, è un bambino,' ha detto l'uomo di prima. 'Dev'essere uno che fa le commissioni per lui. Dicci dove si trova,' mi ha ordinato l'altro con una voce tremenda. Io ho detto: 'Va bene, ve lo dico', ma ho solo fatto finta, ho acchiappato la posta e sono fuggito."

Il ragazzo si interruppe di colpo, e spalancò la bocca terrorizzato.

La porta si aprì lentamente, senza che nessuno avesse bussato.

27.

"Chi siete?" chiese Hanio senza scomporsi ai due uomini che avevano fatto irruzione nella camera.

La calma di Hanio poteva sembrare un ammirevole esempio di coraggio, ma in realtà era solo dovuta al fatto che il pensiero di essere ucciso, seppure senza ragione, non gli era sgradito. Un desiderio malinconico di seguire le sorti della bella vampira era affiorato in lui, ma aveva la sensazione che questo potesse gettare un'ombra sull'atteggiamento, misto di frivolezza e realismo, che aveva avuto sino a quel momento nei confronti della morte. Ma in fondo cosa importava? Cosa importano i motivi di chi è destinato a morire?

Uno dei due uomini, con le spalle alla porta, teneva d'occhio l'interno della camera, l'altro guardava fisso Hanio, che era disteso sul letto.

Kaoru stava attaccato alla parete dietro al letto, tremante, e dalla posizione dei loro corpi sembrava che Hanio volesse fare da scudo al ragazzo.

Gli uomini erano entrambi sulla trentina e, a giudicare dall'abbigliamento modesto, non dovevano appartenere alla *yakuza*. Gli sguardi taglienti e i lineamenti spigolosi, insieme alla rapidità dei movimenti e agli abiti dozzinali, facevano pensare a ex militari o ex poliziotti. Hanio avrebbe voluto far notare a uno dei due che non si mette una cravatta color topo, già di per sé smorta, su un abito color cenere.

"Ehi," fece uno dei due uomini, un po' più grande di età, all'altro che stava in piedi davanti alla porta, senza voltarsi a guardarlo.

Poi, mentre questo si avvicinava, Hanio si accorse che il primo aveva una pistola puntata su di lui.

"Non ti muovere. Non fiatare. Anche tu, ragazzino, muto! E se provi a fuggire ti faccio assaggiare questa."

Fino a quel momento si erano comportati in modo tipico, ma il seguito colse Hanio di sorpresa: improvvisamente l'uomo che si era avvicinato a lui, gli prese il polso della mano sinistra, lo strinse e, mettendosi a sedere per metà sul letto, cominciò a misurargli il battito del polso.

Ci fu una pausa di silenzio di trenta secondi.

"Quant'è?" chiese l'altro.

"Settantasei. Trentotto pulsazioni ogni trenta secondi."

"Non sono molte. Del tutto nella norma."

"Di solito le pulsazioni sono anche meno. Alcuni ne hanno cinquanta."

"Ok."

Il primo uomo appoggiò la bocca fredda della pistola sul pigiama di Hanio all'altezza del cuore.

"Aspetterò tre minuti, poi sparo. Se ti muovi o tenti di gridare, ti sparo all'istante. Se te ne stai buono buono, avrai tre minuti in più da vivere."

Poiché Hanio si mise a piangere sommessamente, l'uomo gridò con voce soffocata:

"Stai zitto!".

Kaoru si accovacciò sul pavimento, continuando a piangere senza emettere suono.

Obbedendo all'ordine lanciatogli dal primo uomo con un'occhiata, il secondo ricominciò a prendere il polso di Ha-

nio. Di nuovo ci fu una pausa di silenzio, come la corrente nera di un fiume.
"Quanto è stavolta?"
"Strano, le pulsazioni sono diminuite. Sessantotto."
"Ma non è possibile. Prova un'altra volta."
"Ok."
Hanio aveva la sensazione che gli stessero facendo un elettrocardiogramma, e questo lo rese ancora più calmo. Del resto, la situazione era talmente ridicola che non gli veniva voglia di protestare.
"Allora?"
"Di nuovo sessantotto."
"E va bene, è proprio imperturbabile. Davvero sorprendente. Non avevo mai visto un uomo così. Valeva la pena di fare tanta fatica per trovarlo."

Così dicendo, il primo uomo rimise la pistola nella tasca interna della giacca, e con un tono di voce gentile, completamente diverso da quello avuto fino ad allora, aggiunse:
"Adesso la prego, si rilassi. Ha superato la prova. Incredibile. È un uomo davvero coraggioso. Il suo risultato è eccellente".

L'uomo si allontanò di qualche passo per prendere una sedia e si sedette accanto al letto di Hanio, con un atteggiamento fin troppo amichevole. Anche Kaoru, sorpreso da quell'improvviso cambiamento, aveva smesso di piangere ed era uscito dal suo rifugio dietro il letto.
"Ma si può sapere chi siete?" chiese Hanio, il quale nel frattempo si era accorto che il terzo bottone del suo pigiama si era aperto e lo stava richiudendo. Nel farlo, il dito urtò su qualcosa di appuntito. Lo tirò fuori e guardò: era una forcina nera per capelli, che probabilmente aveva fatto cadere l'infermiera.
"Ah, e ci sa anche fare con le donne," disse il primo uomo con un sorriso sornione, accendendo una sigaretta.

"Vi sto chiedendo chi siete."
"Siamo clienti. Del suo negozio."
"Cosa?"
"Non sia così scortese con i clienti. Siamo clienti venuti alla ditta *Life for sale* a comprare la sua vita. Che cosa c'è di strano se si presentano degli acquirenti?"

28.

"Se vi sembra questo il modo con cui ci si presenta per fare un acquisto..." disse Hanio, ancora diffidente. Fece per accendersi anche lui una sigaretta, ma il primo uomo intercettò il suo gesto, tirò fuori la pistola e premette il grilletto, rivelando che si trattava di un accendino.

"Ah, era un gioco di prestigio."

"Per le nostre prove, usiamo vari metodi."

L'uomo, col suo sorriso rassicurante, adesso sembrava la bontà personificata.

"Ragazzino, ormai ti sei tranquillizzato anche tu, no? Mi dispiace se prima nell'appartamento ti abbiamo un po' strapazzato. Avevamo bisogno di trovare al più presto il signor Hanio, e non sai quanto abbiamo penato. Siamo solo dei clienti e avevamo capito che per lui la vita vale come la piuma di una fenice..."

"Cos'è una fenice?" chiese Kaoru a mezza voce.

"La fenice è una fenice. Non sai una cosa così elementare? Liceali di oggi! L'istruzione nel Giappone di oggi è un vero disastro. Ma adesso è meglio che torni a casa. Non devi preoccuparti per il signor Hanio. Non abbiamo intenzione di fare niente contro la legge. A questo proposito, non farti venire in mente di passare dalla polizia a spifferare qualcosa. Se provi a fare qualche sciocchezza, potresti scoprire che questa pistola giocattolo può anche sparare sul serio. Scommetto che non ti piacerebbe andare a scuola con un bel buco nella pancia."

"Se mi fate un bel buco nella pancia ci metto una lente d'ingrandimento e mi faccio pagare 10 yen per far vedere cosa c'è dentro. Sarebbe un modo di far su un po' di denaro."

"Piantala di fare lo spiritoso e fila subito a casa."

"Arrivederci," disse a bassa voce Kaoru, guardando Hanio con un'espressione inquieta, prima di andarsene.

"Non ti preoccupare per me. Anche tu ti sei comportato un po' da prepotente quando sei venuto al mio negozio, ti ricordi? Mi farò sentire presto. Vai tranquillo."

Kaoru sparì dietro la porta.

"Il ragazzino era suo cliente? Da non credere."

"No, a comprare la mia vita è stata sua madre."

"Però..." fece il primo uomo, ancora più stupido, mentre il secondo uomo, che si era finalmente rilassato, si sedette in silenzio su un'altra sedia.

"Comunque sia, se quanto dovete dirmi è talmente importante che avete mandato via il ragazzino, parliamone con un bicchierino. Sono un paziente fortunato, a cui i medici raccomandano l'alcol," disse Hanio, tirando fuori da sotto il letto una bottiglia di whisky. Prese due bicchieri pieni di polvere, lì pulì in modo sommario col lenzuolo, e li passò ai suoi nuovi clienti. Mentre Hanio versava il whisky con un gorgoglio, i due seguirono il gesto con una certa diffidenza.

Tutti e tre alzarono i bicchieri e bevvero con aria solenne.

"Allora, parliamo di affari. La nostra proposta è: 2 milioni di yen in caso di riuscita, mentre in caso di fallimento solo i 200.000 yen che le daremo come anticipo. Che ne dice?"

"Il compenso che offrite in caso di riuscita sottintende

che io non ne esca vivo, quindi in entrambe le opzioni voi sborserete solo i 200.000 yen di anticipo."

"Non tragga conclusioni affrettate. Con questo lavoro, se tutto andrà per il meglio, lei potrebbe uscirne vivo e guadagnare anche i 2 milioni di yen."

"Spiegatemi di cosa si tratta."

Hanio si sedette a gambe incrociate sul letto, e sorseggiando il whisky si predispose all'ascolto.

29.

"Allora, da dove comincio?" disse il primo uomo, dando inizio al suo racconto. Il suo viso, con fitte rughe intorno agli occhi, mostrava i segni della fatica e un carattere bonario.

"Non possiamo dirle i nostri nomi né la nostra professione. Ma non credo che, come acquirenti della sua vita, ciò ci sia richiesto.

Noi siamo in tutto e per tutto giapponesi, ma questa storia riguarda le ambasciate di due paesi stranieri.

Li chiameremo Paese A e Paese B. La moglie dell'ambasciatore del Paese A, che è una bellissima donna, una sera ha organizzato un ricevimento nella propria residenza, invitando i rappresentanti diplomatici di vari Paesi.

Per un'ambasciata eventi del genere sono del tutto normali, come sarebbe per noi invitare a casa gli amici a giocare a mahjong. In quell'occasione però la moglie dell'ambasciatore ha ricevuto gli ospiti con un vestito da sera verde smeraldo con lo strascico. Si era vestita con particolare eleganza perché, essendo attesi anche alcuni membri della famiglia imperiale, era una serata di gala.

Quale sia il nostro rapporto con questa ambasciata, non possiamo dirlo.

Tornando alla mise dell'ambasciatrice, trattandosi di un

vestito verde smeraldo con ricamo dello stesso colore, è abbastanza ovvio che il gioiello adatto dovesse essere uno smeraldo. E lei guarda caso possedeva una splendida collana composta da trentacinque preziosi smeraldi intervallati da piccoli diamanti. Insomma, un oggetto meraviglioso. Poi però è iniziato il ballo, le luci del salone si sono abbassate, gli ospiti si sono lanciati nelle danze, e quando la festa si è conclusa, dal collo dell'ambasciatrice era sparita la collana.

Poiché l'ambasciatrice non ha lanciato nessun allarme, gli altri ospiti non si sono accorti di niente o, se alcuni se ne sono accorti, avranno pensato semplicemente che a un certo punto lei stessa si fosse tolta la collana.

Una buona metà degli invitati era andata via già durante il ballo, così quando il ricevimento si è concluso, nel salone non erano rimasti in molti.

L'ambasciatrice era un po' pallida, ma coraggiosamente salutò a uno a uno gli ospiti con il sorriso sulle labbra, e solo quando anche l'ultimo se ne fu andato si accasciò in lacrime sul petto dell'ambasciatore, gridando tra i singhiozzi: 'È terribile, è terribile, mi hanno rubato la collana di smeraldi!'.

Essendo un gioiello del valore di decine di milioni di yen, si trattava di un furto molto grave, ma era avvenuto nel bel mezzo di un ricevimento, e non si potevano coinvolgere gli invitati, creando imbarazzo.

'Cosa?' balbettò l'ambasciatore, sbiancando, incapace di aggiungere altro.

Sua Eccellenza non è affatto un personaggio avaro.

Nel suo Paese ha un patrimonio ingente, tanto che si dice abbia ottenuto il ruolo di ambasciatore grazie ai suoi mezzi e per puro piacere personale. Non sarebbe insomma un uomo da sconvolgersi per il furto di una collana.

Ma Sua Eccellenza aveva un problema che non poteva rivelare nemmeno a sua moglie.

Prima di continuare, devo spiegarle qualcosa che riguarda gli smeraldi.

Per la maggior parte delle pietre preziose, il valore è determinato dal grado di purezza, ma nel caso dello smeraldo non è così. Uno smeraldo naturale presenta le cosiddette 'inclusioni'.

Le inclusioni sono una delle ragioni del fascino di questa gemma: è come guardare la profondità verde del mare. Anche il modo in cui sono formate le inclusioni può conferire un valore artistico alla pietra. Dello smeraldo si potrebbe persino dire che, a differenza dei diamanti e altre pietre, ha una qualità che si può quasi definire carnale. Se consideriamo che queste sottili ed evanescenti incrinature rappresentano la vita stessa di queste stupende pietre verdi, è fatale che conferiscano a esse qualcosa che le apparenta misteriosamente al regno organico.

Quando l'ambasciatore aveva regalato a sua moglie la collana, vi aveva fatto montare uno smeraldo falso.

Si trattava di una pietra artificiale di eccezionale fattura, che era quasi impossibile distinguere dalle altre, perché sia le inclusioni che il colore erano stati realizzati in maniera impeccabile.

Ma questa sottile inclusione compresa nello smeraldo artificiale era la chiave per decifrare i telegrammi coperti dal più assoluto segreto che il Paese A inviava in modo strettamente riservato all'ambasciatore.

Se quell'inclusione, così sottile da distinguersi a stento, veniva esposta a una fonte di luce, il suo riflesso, proiettato su un telegramma, permetteva di decifrarne il testo.

L'ambasciatore si era reso conto che i telegrammi a lui inviati dal Paese A venivano intercettati, quindi, dopo aver studiato varie possibilità, aveva deciso di fare inserire questo dispositivo nello smeraldo. Si era accordato con sua moglie che sarebbe stato lui a tenere la collana in custodia, e quando lei ne avesse avuto bisogno in occasione di qualche evento mondano, lui l'avrebbe tolta dalla cassaforte per lei.

Naturalmente la moglie non era al corrente di questo segreto.

Vedendo che il marito era impallidito, gli disse:

'Chi può essere stato a rubare la collana senza che io me ne potessi accorgere? Oggi c'erano solo gli ambasciatori di vari paesi e uomini e donne della migliore società…'.

'Quando pensi che te l'abbiano rubata?' chiese l'ambasciatore con la voce che ancora gli tremava.

'L'unica possibilità è che sia successo mentre ballavo.'

'Con chi hai ballato? E con quante persone?'

'Cinque o sei, credo.'

'Cerca di ricordarti chi erano.'

'Il primo sicuramente era il principe.'

'Lui è fuori questione.'

'Poi il ministro degli Esteri giapponese.'

'Anche lui è da escludere. Poi?'

'L'ambasciatore del Paese B.'

'Ah, ecco chi può essere stato,' disse l'ambasciatore del Paese A, mordendosi le labbra.

Qui a Tōkyō i Paesi A e B combattono un'accanita lotta di spionaggio, quindi i sospetti dell'ambasciatore non erano infondati.

Con l'aiuto dell'alcol, delle luci basse, della musica, e in mezzo a quella folla, l'ambasciatore del Paese B, uomo grande e grosso ma dotato di notevole abilità manuale, avrebbe potuto facilmente sfilare la collana dal bianco e morbido collo dell'ambasciatrice.

Quella notte i due coniugi si tormentarono a lungo, indecisi se denunciare o no l'accaduto alla polizia. La mattina dopo un domestico consegnò alla coppia insonne, su un vassoio d'argento, una busta di carta marrone, dicendo:

'L'ho trovata nella cassetta della posta stamattina'.

La aprirono: conteneva la collana. Ovviamente la moglie esultò dalla gioia.
'Ah, è stato solo uno scherzo. Però, farci soffrire così... Chiunque sia stato, fare uno scherzo così pesante è davvero indegno di un diplomatico.'
'Sei sicura che sia la tua collana?'
'Sicurissima.'
La moglie sollevò la splendida collana di trentacinque smeraldi alla luce del mattino, facendola dondolare lievemente.

L'ambasciatore la prese in mano, cercando lo smeraldo che lo interessava, e si accorse subito che era stato sostituito con uno smeraldo vero."

30.

"Se in quel momento l'ambasciatore avesse potuto rivelare alla moglie il segreto forse si sarebbe sentito un po' meglio," continuò il primo uomo. "Ma da questo punto di vista lui aveva il carattere riservato di un gentiluomo d'altri tempi, e per quanto il suo ruolo prevedesse la collaborazione della moglie nell'esercizio delle funzioni pubbliche, il suo senso di correttezza gli imponeva di tenere i segreti di stato rigorosamente per sé.

L'ambasciatore inviò subito un telegramma al governo del suo Paese, spiegando che la chiave per decrittare i messaggi segreti era stata rubata, e chiedendo che i successivi messaggi confidenziali fossero inviati con una procedura interamente nuova.

In tal modo si sarebbe risolto il problema per il futuro.

Se i messaggi precedenti fossero stati intercettati, decodificati e divulgati pubblicamente, si sarebbe creata una crisi a livello internazionale. Chi aveva rubato lo smeraldo lo aveva fatto perché ne conosceva il segreto, quindi era probabile che prima o poi sarebbe accaduto il peggio.

L'ambasciatore pensava che se i documenti fossero stati decrittati e resi pubblici, il che poteva avvenire anche l'indomani, sarebbe stata la catastrofe. Ma se ci fosse stato anche un giorno di ritardo, questo avrebbe acceso qualche speranza. Due giorni di ritardo, e la speranza sarebbe aumentata. Perché ciò avrebbe potuto significare che la controparte aveva timore, rendendo pubblici i documenti, di una rappresaglia, oppure che c'erano altre ragioni per cui non le sarebbe convenuto divulgarli.

D'altronde, era impossibile pensare di poter riavere indietro tutti i documenti rubati. Probabilmente a quell'ora ne avevano già fatto diverse copie e le avevano inviate al governo del loro Paese. Recuperarne una parte non sarebbe servito a niente.

L'ambasciatore era in seria difficoltà.

Trascorreva le ore aspettando che gli altri facessero una mossa, e in quell'attesa gli sembrava di camminare su una sottile lastra di ghiaccio.

Gli rimaneva però ancora una via da tentare.

Se fossero riusciti a rubare alla controparte la chiave di decrittazione – quella che in pratica era l'equivalente del loro smeraldo – si sarebbero potute aprire delle trattative. Allo stato attuale erano riusciti a rubare i loro documenti, ma non a decifrarli.

L'ambasciatore decise di agire al più presto, senza perdere altro tempo, e di far rubare la chiave del Paese B. L'unico problema era scoprire dove si trovasse.

Il Paese B era riuscito non solo a scoprire la chiave dello smeraldo, protetta da una cortina di assoluta segretezza, ma anche a rubarla. Se il Paese B, famoso per la sua eccezionale rete di spie, era riuscito a tanto, anche il Paese A poteva contare su un apparato spionistico di primo livello. Il fatto che non avessero ancora scoperto la chiave del Paese rivale era da attribuire non a una mancanza di capacità ma solo a una deplorevole negligenza.

L'ambasciatore diede l'ordine tassativo di trovare la chiave di decrittazione entro due giorni e di rubarla.

Le spie del Paese A tenevano sotto sorveglianza l'ambasciata del Paese B già da tempo, ma non avevano notato elementi anomali rispetto al lavoro di routine delle altre ambasciate. L'unica stranezza rilevata consisteva in una voce secondo la quale l'ambasciatore del Paese B, che amava lavorare nel suo studio fino a tarda notte, dedicandosi tra l'altro alla decodifica dei documenti che riceveva dal suo governo, aveva una passione per le carote. L'ambasciatore teneva sempre sulla scrivania un bicchiere con una ventina di bastoncini di carote crude, e quando aveva fame li mangiucchiava con un po' di sale. L'informazione proveniva da un negozio che riforniva l'ambasciata di carote di primissima qualità.

Decrittazione di documenti del massimo livello di segretezza e carote! Una combinazione certamente strana, persino comica.

Però il più abile e brillante degli agenti segreti del Paese A intuì che questo accoppiamento celava qualcosa di non casuale.

Chiameremo quest'uomo, colui che è riuscito a introdursi nell'ambasciata del Paese B, agente X1. È nato in un piccolo Paese europeo, ma ha ricevuto l'addestramento come spia nel Paese A, non ha più nazionalità e possiede otto finti curriculum diversi.

Prima di introdursi nell'ambasciata del Paese B, l'agente X1 ha incontrato segretamente l'ambasciatore del Paese A, e gli ha detto:

'Stanotte troverò la chiave e gliela consegnerò'.

'Qual è il suo piano?'

'Assaggerò le carote dell'ambasciatore del Paese B,' gli ha risposto l'agente X1, sorridendo, con ostentata sicurezza.

È stata l'ultima volta che l'ambasciatore l'ha visto.

Il suo cadavere venne trovato nell'ambasciata del Paese B.

Secondo quanto divulgato dalla stampa, un ladro, la cui identità non è stato possibile accertare, è penetrato nell'ambasciata del Paese B, e lì si è suicidato assumendo del cianuro di potassio.

Vedendo che, anche dopo diversi giorni, l'ambasciata del Paese B non pubblicava il testo dei messaggi cifrati inviati dal governo all'ambasciata del Paese A, l'ambasciatore del Paese A si era abbastanza tranquillizzato, ma naturalmente non poteva sentirsi sicuro al cento per cento. C'era sempre la possibilità che il Paese B aspettasse un mese o addirittura un anno per diffondere le informazioni, in modo da sfruttare un momento più favorevole dal punto di vista politico.

Poi l'ambasciatore del Paese A ritentò l'operazione con l'agente X2.

Quest'ultimo è letteralmente svanito nel nulla.

L'agente, prima di andare in missione, ha incontrato l'ambasciatore e, a quanto ci è stato riferito, come l'agente X1, ha detto:

'È necessario che io assaggi quelle carote'.

Anche l'agente X3 è scomparso allo stesso modo.

L'ambasciata del Paese A era costretta a riconoscere la gravità della situazione. La questione era evidentemente legata alle carote, ma l'ambasciatore del Paese B non sembrava darsene gran pena perché, a quanto pareva, continuava ogni sera a pretendere che gli servissero le carote crude sulla sua scrivania. Inoltre, si aveva ragione di ritenere che gli agenti recatisi lì per esaminarle fossero tutti morti sul colpo per avvelenamento da cianuro di potassio. L'ipotesi era che di quella ventina di bastoncini di carote solo uno o due non fossero avvelenati, e che l'ambasciatore sapesse riconoscerli e mangiarli di gusto. Doveva chiaramente esserci un rapporto con la decrittazione del codice segreto, ma nessuno era in grado di distinguere le carote prive di veleno.

Le tre spie morte erano esperti di alta levatura, esempi di patrimonio culturale immateriale, e per il loro addestramento erano state investite somme ingenti. L'ambasciata non poteva permettersi altri sacrifici inutili.

Per questo è stato scelto lei.

Lei è la persona giusta per infiltrarsi lì dentro, riconoscere le carote senza veleno, assaggiarle e scoprire la chiave di decrittazione.

Che ne dice?

Come le ho spiegato, noi siamo giapponesi, ma abbiamo ricevuto dal Paese A favori eccezionali. Per questo vorremmo, comprando la sua vita, mostrare al Paese A tutta la nostra gratitudine."

"E ricevere anche un ricco premio in denaro, se l'impresa dovesse andare a buon fine," commentò Hanio.

"È naturale. Altrimenti alla nostra età non ci saremmo messi a fare i gangster e ad andare in giro a inseguirla."

"Capisco," disse Hanio, espirando il fumo della sigaretta verso il soffitto con aria noncurante.

"Allora? La probabilità è di uno su venti. Pensa di avere una chance?"

"Il discorso è un altro..." disse Hanio, la cui espressione si era fatta d'un tratto meditabonda. "Nell'ambasciata del Paese A sono conservati tutti i telegrammi segreti del Paese B che erano stati intercettati?"

"Certamente."

"Secondo la mia deduzione, non servono a niente."

"Perché? Se si trovasse la chiave..."

"No, la soluzione non sta nella chiave ma nella carta. L'ambasciata del Paese A possiede la carta che l'ambasciata del Paese B usa per stampare i telegrammi che riceve?"

"Non saprei."

"È necessario che lo verifichiate. Il discorso è rimandato a domani. Poiché domani potrei morire, stanotte ho bisogno di farmi un bel sonno. Adesso per favore andatevene. Mi verrete a prendere domani mattina."

"No, se lei dovesse fuggire noi saremmo nei guai. Col suo permesso resteremo a dormire qui."

"Fate come volete. L'infermiera che domattina passerà a misurarmi la temperatura rimarrà sorpresa, ma posso sempre dirle che siete dei parenti venuti a trovarmi che si sono fermati per la notte. Certo, come parenti non sareste il massimo... In ogni caso, domattina uno di voi andrà all'ambasciata del Paese A e controllerà se c'è la carta dell'ambasciata B. Il resto si vedrà."

Dopo avere pronunciato queste parole con assoluta convinzione, Hanio fece un grande sbadiglio, posò la testa sul guanciale e cominciò subito a russare.

"Che sangue freddo!" commentarono tra loro i due ospiti notturni, pieni di ammirazione.

31.

Il mattino seguente c'era un bel tempo primaverile. Hanio, che era riuscito a estorcere al medico il permesso di uscire, approfittò dell'assenza del primo uomo, recatosi all'ambasciata, per radersi con calma davanti allo specchio.

Il secondo uomo, non appena il primo li lasciò soli, divenne improvvisamente loquace. Ogni singolo commento era ispirato al buon senso in modo talmente scontato che l'insieme del suo discorso risultava di una banalità imbarazzante.

"Lei ci ha mostrato il vero spirito del samurai. Il suo modo di affrontare la morte è davvero ammirevole," disse.

L'uomo stava mangiando una brioche alla crema che si era fatto comprare dall'infermiera per colazione. Se ne era riempito un po' goffamente la bocca e la crema gialla che gli macchiava le labbra risaltava al sole mattutino.

Hanio, dopo tanto tempo, scopriva un certo divertito interesse per la vita. Se la sua deduzione era giusta, le spie di una nazione potente come il Paese A avevano commesso un errore incredibilmente stupido, che era costato loro la vita. Ma naturalmente era ancora da dimostrare che la sua deduzione fosse giusta.

Guardandosi allo specchio, il suo viso fresco di rasatura, sul quale aveva appena passato la lozione dopobarba, gli sembrò così giovane e splendente che non poté fare a meno di compiacersi. Agli occhi degli altri poteva apparire come un ragazzo ricco e viziato, senza alcuna difficoltà o responsabilità al mondo.

Fuori dalla finestra i ciliegi, che da poco avevano iniziato la fioritura, ondeggiavano al vento.

Dopo un poco il primo uomo tornò, tutto affannato, e disse:

"Meno male, meno male! Si erano già procurati la carta. Gli agenti del Paese A non se ne stanno con le mani in mano. A proposito, immagino che prima di introdursi nell'ambasciata del Paese B, con i rischi che sappiamo, sarebbe necessario che incontrasse l'ambasciatore del Paese A."

"A che ora posso incontrarlo?"

"Sua Eccellenza è disponibile tra le dieci e le undici."

"Ho capito," disse Hanio, guardando l'orologio da polso. "Adesso dovrei passare da un posto, va bene se sono da lui alle dieci e mezzo?"

"Dove dovrebbe andare? Attenzione, le è rimasta della schiuma da barba dietro l'orecchio."

"Grazie," rispose Hanio. Quella mattina nemmeno un tale avvertimento inopportuno gli diede il minimo fastidio. Si passò l'asciugamano dietro l'orecchio e già che c'era anche sul mento. Subito notò alcune macchioline rosse sul tessuto. Doveva essersi procurato qualche taglietto col rasoio.

Vedere il colore del sangue gli fece ricordare, con una stretta al cuore, la vampira. Probabilmente mai più avrebbe assaporato la sensazione, infintamente languida e dolce, di immergersi nel bagno della morte. Pensò che alla fine era stata lei a vendere la propria vita per lui.

"Dov'è che deve andare?" chiese di nuovo il primo uomo.

"Seguitemi senza fare domande. Sono delle spese di poca

importanza. Un uomo, prima di morire, ha bisogno di fare alcuni preparativi."

A queste parole, il primo uomo assunse un'espressione solenne, che Hanio trovò piuttosto comica.

All'ingresso dell'ospedale, l'infermiera gli disse:

"Nella sua prima uscita, mi raccomando, non commetta imprudenze. Non l'abbiamo ancora dimessa".

"Io sono ormai sano e forte, come penso di averle dimostrato ieri," disse Hanio. L'infermiera gli diede subito un pizzicotto sul braccio.

All'aria aperta, perfino quel piccolo dolore sembrò risplendere al sole primaverile. I tre uomini si incamminarono lungo la strada in discesa in un'atmosfera mista di gioia e tensione, come se andassero alle corse dei cavalli.

"Andiamo in un negozio di frutta e verdura che ha prodotti di primissima qualità. Si trova a Aoyama."

Per la prima volta da tanto tempo si trovava a girare per la città senza vedere intorno a sé segnali di morte. Le persone erano immerse nel loro trantran quotidiano, simili a *tsukemono* viventi. "Io come *tsukemono* sarei dei più aspri..." pensò Hanio. E si immaginò servito come accompagnamento al sakè. Non era certo fatto per essere consumato tre volte al giorno ai pasti insieme al riso bianco. "È il mio destino, che ci posso fare?"

Nel negozio K, i due uomini rimasero a guardare con aria compunta Hanio che comprava le carote, già tagliate a bastoncini e in bustine di plastica, imbiancate da un velo di brina per la conservazione in frigo.

"Ha finito con le spese?"

"Sì, era solo questo. Possiamo andare dall'ambasciatore."

Arrivati al palazzo sontuoso dell'ambasciata, circondato da mura bianche, dovettero passare dall'ingresso sul retro, riservato agli impiegati, e questo ferì un po' l'orgoglio di Hanio.

Attraversarono quindi una cucina, salirono una scalinata

sporca ma, aperta una porta, si ritrovarono in uno studio vasto e imponente, in stile edoardiano.
I due uomini si misero sull'attenti.
L'ambasciatore, con i capelli brizzolati, era seduto dietro la scrivania, la schiena diritta e la testa alta.
"Le abbiamo portato la persona di cui le avevamo parlato," disse il primo uomo.
"Molto bene. Sono l'ambasciatore di A," disse il diplomatico in tono cordiale, tendendo la mano a Hanio. Lui ebbe la sensazione di stringere un mazzo di fiori secchi, così fragile che a toccarlo si rischiava di distruggerlo, eppure così irto di spine da pungergli il palmo della mano.
"Prego, questo è il suo anticipo," disse l'ambasciatore, mentre scriveva su un assegno, pronto sulla scrivania, la cifra di 200.000 yen e lo firmava. Lo porse quindi a Hanio rapidamente, senza neanche aspettare che l'inchiostro si asciugasse.
"Bene. Mi metterò subito al lavoro, ma prima... è quella la carta del Paese B?"
"Sì, è questa. L'avevo preparata."
"Sarebbe possibile farvi battere a macchina il testo dei telegrammi intercettati, in modo che rientrino nei margini?"
"Va bene."
L'ambasciatore suonò un campanello, e quando arrivò la dattilografa le diede i testi e la carta.
"Questa è una copia, provi a leggere," disse l'ambasciatore.
Hanio vi dette una rapida scorsa, ma anche provando a tradurne il testo in giapponese, era un susseguirsi di frasi completamente assurde e prive di senso.
Mentre aspettavano la dattilografa, i due uomini, Hanio e l'ambasciatore restarono in perfetto silenzio. Sulla parete era appeso il ritratto di un grande statista del Paese A, e la scrivania era circondata da maestosi scaffali dove troneggiava, tra gli altri libri, un'edizione delle opere complete di Disraeli rilegata in pelle. Nella stanza aleggiava un sentore vagamente

dolciastro e penetrante, che ricordava l'odore corporeo degli stranieri.

La dattilografa, una donna di mezza età dalle spalle squadrate, portò il foglio dattiloscritto con viso impassibile e uscì.

"Dunque…" fece l'ambasciatore.

"Dunque…" disse a sua volta Hanio. Prese quindi la busta di plastica ancora fredda contenente le carote tagliate a bastoncini, ne prese uno e se lo ficcò in bocca.

32.

Il colore arancione della carota è dato dal pigmento del carotene, precursore della vitamina A, presente in essa in gran quantità. Ma la carota contiene anche una sostanza distruttiva, l'ascorbinasi, nociva alla vitamina C. La carota, viceversa, non contiene amido. Pertanto, la ptialina, un enzima che si trova nella saliva e che trasforma l'amido in maltosio, non ha alcun effetto diretto sulla carota.

L'ipotesi più probabile era che quei due elementi, ascorbinasi e ptialina, che non interagiscono tra loro, agissero invece in modo alternato sulla sostanza chimica di cui era impregnata la carta dei telegrammi. Carta che era stata preparata abilmente in modo che la ptialina agisse quando l'ascorbinasi era inerte, e viceversa, producendo quindi l'azione chimica desiderata.

Hanio masticò bene la carota, la sputò, la spalmò sulla carta del telegramma, e tra un carattere di stampa e l'altro apparve, perfettamente decrittato, il testo.

"Incredibile!" esclamò l'ambasciatore mentre leggeva avidamente il messaggio, annuendo tra sé ed emettendo mugolii di soddisfazione. "Abbiamo altre carote, vero? Ci sono ancora tanti telegrammi che vorrei chiederle di decrittare. Grazie a questo siamo salvi. Ora potremo negoziare con il Paese B a pieno diritto. Dovranno tenere la bocca chiusa. Perché adesso siamo in condizioni di assoluta parità."

Hanio, continuando a masticare, disse:

"Ci vuole ancora un po' di sale. Anzi, le carote stanno bene con l'alcol, no? Se foste così gentili da offrirmi un whisky...".

"Più tardi le offriremo tutto il whisky che vuole. Adesso non vorrei che provocasse strane reazioni chimiche. Sarebbe un bel guaio," disse l'ambasciatore, guardando con gli occhi che gli brillavano di contentezza e di aspettativa Hanio, il quale continuava a sgranocchiare carote come un cavallo.

33.

Dopo che ebbe spalmato le carote da lui triturate coi denti su tutti i testi dei telegrammi, Hanio fu condotto in un'altra stanza dove per la seconda volta gli fu consegnato un assegno, questa volta di 2 milioni di yen. Anche gli altri due uomini ricevettero un assegno ciascuno e, a giudicare dalle loro facce soddisfatte, per una cifra sicuramente ragguardevole.

L'ambasciatore offrì personalmente il whisky a Hanio.

"Come ha fatto a ottenere un risultato così brillante senza nemmeno rischiare la vita? Vorrei saperlo. Mi piacerebbe davvero conoscere il suo metodo."

Hanio intendeva rispondere ma, non essendo in grado di affrontare un discorso così complicato in inglese, chiese al primo uomo di fargli da interprete. Questi si mise tra l'ambasciatore e Hanio con aria sussiegosa e cominciò a tradurre, parlando inglese con una fluidità che mal si accordava col suo aspetto grossolano. Ma le parole usate da Hanio erano così scortesi che l'uomo, nel tradurle, ne censurò una parte.

"Prima di tutto vorrei capire come mai il vostro Paese ha avuto un atteggiamento così superficiale. Tre dei vostri migliori agenti sono stati ammazzati, e già questo significa una perdita di milioni e milioni di yen. Anche se, considerato quanto si sono dimostrati incapaci, c'è da chiedersi se perderli non sia stato un vantaggio per il Paese.

Tutto questo è successo perché i vostri migliori cervelli, annebbiati dall'avidità, hanno finito col dimenticare la semplice sostanza dei fatti, e si sono messi a correre dietro a particolari secondari.

Non è così? Che i tre agenti si siano infiltrati, uno dopo l'altro, nell'ambasciata del Paese B per assaggiare le carote, è un dato di fatto. Fino a quel punto, la loro supposizione non era sbagliata.

Però ho chiesto di vedere l'articolo che era uscito sul giornale, e ricorda il titolo?

'All'ambasciata del Paese B ladro sprovveduto muore mangiando carota avvelenata.'

Si diceva che l'uomo fosse stato trovato morto con in bocca una carota al cianuro di potassio. E la giustificazione dell'ambasciatore del Paese B qual è stata? 'Avevo lasciato per disattenzione sulla scrivania del mangime da usare per un esperimento sugli animali, e il ladro, che doveva essere affamato, l'ha assaggiato.' Una dichiarazione che ha fatto ridere il mondo.

E voi vi siete lasciati incantare da questa spiegazione. La stessa cosa si è ripetuta con la seconda spia, perché avete pensato che l'ambasciatore del Paese B ogni sera aspettasse il ladro, dopo aver messo le carote avvelenate sulla scrivania.

Ma qualcuno ha visto con i suoi occhi che la prima spia è morta dopo avere assaggiato la carota? Non vi è venuto in mente che gliel'avrebbero potuta ficcare in bocca con la forza?

Quello che voglio dire è che l'obiettivo del Paese B era farvi credere che per decifrare il codice segreto fosse necessaria una carota speciale, che distinguere tra le carote avvelenate da quelle senza veleno fosse estremamente difficile. La loro è stata una sorta di truffa psicologica.

Dal momento in cui ho sentito questa storia ho subodorato l'inganno. Perché non avete pensato che le carote normali avrebbero svolto la stessa funzione? Ci sarebbe potuto arrivare anche un bambino. Invece voi avete preferito pensare a cose complicate, col risultato che sono morte tre persone. Per questo io sono venuto qui con due piani. Prima volevo provare con delle carote normali. Ritenevo che ci fosse il novanta per cento di possibilità di riuscita, ma se proprio non avesse funzionato, ero preparato a morire stupidamente assaggiando le carote al cianuro di potassio. Di fronte alla prospettiva di morire, mangiare una carota non è poi gran cosa.

A questo punto vi posso finalmente confessare che io detesto le carote.

Quel colore grossolano tra il rosso e il giallastro, l'odore... se poi sono crude mi fanno ancora più schifo.

Quando ero piccolo, vedendo mio padre, che io detestavo, sgranocchiare le carote rumorosamente, mi aspettavo che da un momento all'altro si trasformasse in un cavallo. Avevo giurato a me stesso che almeno io non avrei mai mangiato una roba così volgare, e col tempo questa mia avversione infantile è diventata un rifiuto fisiologico.

Per questo anche se vedo uno stufato di manzo che contiene carote, provo disgusto come se stessi guardando dentro un cesso. Perfino in libreria, vedendo il romanzo *Pel di carota*, sono rimasto scioccato dalla mancanza di gusto dell'autore.

Se mi chiedessero di scegliere tra l'essere fucilato e mangiare delle carote sceglierei la fucilazione. Se ho accettato di mangiare carote in questa occasione, cosa che per me è peggio della morte, è stato solo perché la vita non era più mia, ma proprietà del cliente, cioè vostra.

Tutto sommato credo che due milioni di yen sia stato un prezzo più che equo.

E adesso, signor ambasciatore, si lasci dire che deve smettere di pensare in modo troppo complicato. Sia la vita che la politica sono più semplici e superficiali di quanto si immagina. Tuttavia è difficile raggiungere questa consapevolezza se non si è pronti a morire in qualsiasi momento. L'attaccamento alla vita rende tutte le cose complicate e strane.

Bene, adesso è giunto il momento di congedarmi. Credo che non ci vedremo più.

Mi impegno a non fare parola con nessuno del lavoro che ho svolto, quindi la prego di non mandare i suoi superagenti a cercarmi.

Poiché non credo di poterle essere utile in futuro, non mi mandi a chiamare.

Io non ho nessun interesse per questioni politiche come i conflitti tra i Paesi A e B. Anzi, non sarà che vi dedicate a questi conflitti perché avete troppo tempo a disposizione?

I miei omaggi."

Quando il primo uomo finì la traduzione, Hanio aveva già raggiunto la sontuosa porta della stanza, e si stava allontanando dopo un rispettoso inchino.

34.

Tornato in ospedale, Hanio radunò in fretta le sue cose e uscì. Quindi, assicurandosi di non essere pedinato, rientrò nel suo appartamento e una volta lì cominciò a organizzare il trasloco.

"È arrivato il momento di salutarci? Se ne va proprio adesso che è tornato in salute? Mi dispiace davvero. Purtroppo, però, i sei mesi che aveva pagato in anticipo non posso restituirglieli."

"Non fa niente, li tenga pure."

"Giovane com'è, guadagna proprio bene," disse il portiere, ruotando la lingua dentro la bocca con aria invidiosa. L'uomo sembrava sempre rimasticare qualche residuo di cibo che gli era rimasto tra i denti, come una mucca intenta a ruminare.

Preparare la roba per il trasloco non gli richiese troppo tempo. Hanio di libri ne leggeva pochi, e riguardo agli abiti la sua filosofia era quella di buttarli appena cominciavano a stancarlo. A parte i mobili, tutto il resto delle sue masserizie entrò comodamente in tre grandi scatole di cartone. Quando trovò il topo di peluche con cui una sera aveva condiviso la cena, ficcò anche quello in una delle scatole.

Davanti al portone lo aspettava il furgoncino che aveva noleggiato. L'autista, fedele allo spirito della stagione, ammirava il ciliegio che sorgeva davanti al palazzo di fronte. Ma era un albero davvero misero, con meno di dieci fiori sbocciati.

Poiché l'uomo non accennava a dargli una mano, Hanio dovette portare giù, a uno a uno, tutti i mobili.

Forse perché non aveva recuperato del tutto le forze, o perché le carote gli avevano fatto male, gli bastò portare giù due sedie per ritrovarsi coperto di sudore.

L'amministratore si era nascosto da qualche parte, quindi nemmeno lui venne ad aiutarlo.

Caricato il tavolo sulle spalle, lo stava portando giù a fatica quando tutt'a un tratto, a metà delle scale, si sentì sollevato dal peso.

Alzò lo sguardo sorpreso. A liberarlo dal tavolo, caricandoselo sulle spalle, era stato il primo dei due uomini da cui si era separato poche ore prima.

"Le diamo una mano noi. Lei è ancora convalescente."

Mentre quello parlava, sopraggiunse il secondo uomo, salendo rapidamente le scale.

"Posso portare giù questa scatola?" gridò.

Nel giro di pochi istanti tutto il carico fu sistemato nel furgone.

"Vi ringrazio molto. Però vi avevo chiesto di non starmi alle costole."

"Non abbiamo intenzione di importunarla. Volevamo solo sdebitarci. Quando le persone ci aiutano, dopo cercano sempre di scappare via il più lontano possibile da noi. Lo capiamo. Non le daremo nessun fastidio, ma se dovesse avere problemi, ci chiami in qualsiasi momento. Verremo subito ad aiutarla."

"Armati di pistola?"

"Certamente," rispose deciso l'uomo, la cui onestà emanava da ogni tratto del viso, quindi gli porse il biglietto da visita che recava il nome, Uchiyama Makoto, senza nessun titolo né specifiche sulla professione, insieme all'indirizzo e al numero di telefono.

Poi, con un sorriso pieno di cordialità e simpatia, gli chiese: "Dove va ad abitare di bello?".

"Niente domande per favore. Non so nemmeno io dove vado," rispose seccamente Hanio, sedendosi dal lato del passeggero. Il furgone si mise in movimento – molto malvolentieri – lasciando dietro di sé i due uomini, che da sotto il ciliegio salutavano Hanio agitando la mano.

"Dove la porto?" chiese l'autista.

"Setagaya," buttò lì Hanio a casaccio.

In realtà non aveva nessun posto dove andare.

Nelle tasche aveva due assegni, rispettivamente di 2 milioni e 200.000 yen.

Mentre il paesaggio della città in primavera, l'aria densa di polline, sfilava davanti ai suoi occhi, provò a calcolare quanto aveva guadagnato da quando aveva iniziato il commercio della sua vita.

Dal suo primo cliente, il vecchio, 100.000 yen.

Per l'affare con la donna che si era suicidata, 500.000 yen.

Dal figlio della vampira, 230.000 yen.

2 milioni e 200.000 yen per il lavoro appena concluso.

In totale aveva intascato 3 milioni e 30.000 yen, e in un lasso di tempo brevissimo. Considerando che il suo guadagno medio era di circa un milione al mese, quel commercio stava dando ottimi frutti: le sue entrate erano dieci volte quelle di quando faceva il copywriter.

Anche se aveva pagato a vuoto l'affitto dell'appartamento, quello che attualmente possedeva gli avrebbe assicurato una vita lussuosa, almeno per qualche tempo.

Probabilmente i cantanti alla moda o le star del cinema guadagnavano molto di più, ma dovevano affrontare notevoli spese. Inoltre, non potevano condurre un'esistenza comoda come quella di Hanio il quale, in cambio della sua vita, si metteva con piacere a disposizione degli altri o si lasciava docilmente succhiare il sangue.

In ogni caso, poteva essere un'idea approfittare di quella opportunità per prendersi una pausa dalla sua attività di commercio della propria vita. Avrebbe potuto, per un po' di tempo, abbandonarsi al lusso e all'ozio. Se poi ne avesse avuto voglia, avrebbe potuto continuare così ancora a lungo, mentre se, al contrario, gli fosse venuta di nuovo voglia di morire, avrebbe potuto riaprire la vendita.

Non poteva esserci stato d'animo più libero del suo.

Non capiva la mentalità di coloro che si sposano, legandosi per la vita, o che, lavorando per un'azienda, si lasciano schiavizzare.

Se, una volta finiti i soldi, si fosse trovato in difficoltà, avrebbe sempre potuto ricorrere al suicidio.

Suicidio...

A questo pensiero si sentì assalire, senza sapere perché, da una sorta di nausea spirituale.

Forse perché non gli era riuscito una volta, il suicidio gli appariva adesso, da ogni punto di vista, come qualcosa di molto fastidioso. Se uno si trova in una situazione di piacevole indolenza, non ha nessuna voglia di alzarsi per prendere la sigaretta che vede davanti a sé. Magari avrebbe anche voglia di fumare, ma doversi alzare per prendere una sigaretta che non si può raggiungere solo allungando il braccio sembra un lavoro faticoso, come quando ci viene chiesto di spingere un'auto in panne. Lo stesso vale per il suicidio.

"Che parte di Setagaya?" chiese l'autista, mentre si trovavano sulla circonvallazione n. 7.

"Che parte? Boh, si fermi dove c'è un'agenzia immobiliare."

"Non ci credo! Non ha ancora deciso dove traslocare?"

"No, non ho deciso."

"Incredibile," disse l'autista, anche se dal suo viso non traspariva grande sorpresa.

Quando arrivarono all'angolo prima della stazione di Umegaoka, Hanio notò un'agenzia immobiliare dalla porta a vetri con su affissi molti annunci di appartamenti in affitto.
"Ecco, si fermi. Lì davanti dovrebbe poter parcheggiare."
"Mmm," fece l'autista con voce nasale, la bocca aperta a metà.
Hanio aprì la porta scorrevole, facendone vibrare rumorosamente il vetro, ed entrò.
"Buongiorno," lo accolse una donna sulla cinquantina, grassa e dalla pelle chiara, che sedeva alla scrivania esaminando dei documenti.
In un angolo della stanza c'era un divano dalla cui imbottitura fuoriusciva la paglia, e un tavolino con dei fiori di plastica in un vaso. Al muro era attaccata una mappa della zona.
"Avrei bisogno di una stanza, possibilmente una dépendance, in modo da poter entrare o uscire liberamente. Se magari ci fosse un posto dove possono anche fornirmi i pasti..."
"Così su due piedi mi sembra difficile trovare una soluzione come quella che mi richiede. Quanto vorrebbe spendere?"
"Cinquantamila. O anche qualcosa di più. Naturalmente i pasti sarebbero a parte."
"Aspetti un attimo," disse la donna, cominciando a sfogliare un quaderno.
In quel momento qualcuno aprì bruscamente la porta a vetri e una donna in pantaloni entrò nel locale.
Nel vederla, la cinquantenne aggrottò in modo ostentato le sopracciglia.

35.

La donna in pantaloni aveva un'andatura malferma e colpiva per la sua stranezza. Giovane – probabilmente aveva meno di trent'anni – ma con un colorito malsano, la testa piccola rispetto al corpo, un classico viso giapponese dai lineamenti raffinati, ma che non andava d'accordo col trucco e nemmeno con i seni, abbondanti sotto il pullover, e con l'insieme della sua figura.

Dal momento in cui questa donna era entrata nell'agenzia, la cinquantenne alla scrivania sembrava avere dimenticato completamente l'esistenza di Hanio.

"Sei proprio insistente! Guarda che chiamo la polizia," la minacciò la cinquantenne, grassa e bianca, la ciccia che le tremava per l'indignazione.

"Se vuoi chiamala pure: io non sto facendo niente di male," farfugliò la donna, che aveva un grosso difetto di pronuncia. Quindi girò verso di sé una sedia che stava davanti a Hanio, e vi prese posto, volgendogli le spalle.

"Mi stai esasperando! Con l'affitto esagerato che chiedi, e le condizioni assurde che poni, puoi darmi tutte le commissioni che vuoi, mi rifiuto di fare da mediatrice fra te e le persone, non è questo il mio lavoro. Cercateli da te gli inquilini, e tratta tu con loro. Se poi non sei capace, peggio per te."

"Invece sei proprio una mediatrice, e niente ti dà il diritto di parlarmi in questo modo. E poi se sono capace o no, non sono affari tuoi."

Non aveva neanche finito di pronunciare queste parole, che la donna abbandonò la testa sullo schienale della sedia, e di colpo si assopì, mettendosi a russare. Con il viso addormentato che conservava un che di infantile e le labbra morbide leggermente dischiuse, aveva qualcosa di seducente, ma il suo russare smorzava qualsiasi tentazione.

"Lo dicevo che era strana, ed ecco: è chiaro che è drogata," disse la donna dell'agenzia. "Mi prende in giro. Dovrei avvisare la polizia. Mi scusi, potrebbe stare un attimo qui mentre mi allontano? Se questa si sveglia, potrebbe dare di matto e rompere delle cose qui in agenzia. Ci mancherebbe solo questo."

"Ma perché si comporta così?" chiese Hanio mettendosi a sedere, completamente dimentico del furgone che lo aspettava in strada.

"Questa donna appartiene a un'ottima famiglia del quartiere. Vive con i genitori in una grande casa. È l'ultima figlia. I suoi fratelli, a quanto ne so, si sono sposati e vivono ognuno per conto proprio. Lei però, per colpa dell'amore eccessivo dei genitori, è diventata una persona viziata e capricciosa, fa una vita totalmente scombinata e non è in condizioni di sposare proprio nessuno.

I genitori possedevano molte proprietà in questa zona, ma dopo la guerra erano in difficoltà e io gli ho dato una grossa mano, aiutandoli a vendere terreni e case. Adesso gli rimane solo la villa in cui abitano. Sa, per quanto ricchi, a furia di vendere per tenersi a galla, adesso sono arrivati a toccare il fondo. E così hanno deciso di affittare una dépendance di tre stanze stile padiglione del tè, e fin qui tutto normale, e io non avrei avuto problemi ad aiutarli.

Chi ha creato difficoltà è stata questa Reiko – così si chiama – che rovina sempre tutto. Per quella vecchia dépendance pretende una cauzione a fondo perduto di 500.000 yen, un affitto mensile di 100.000, rifiutando di fare anche un centesimo di sconto, e per giunta ha imposto come condizione che l'inquilino sia un uomo giovane e scapolo, e le proposte che le porto non le guarda nemmeno. Fra queste ce n'era una del presidente di una società, un signore di mezza età che aveva un interesse per Reiko, e che sarebbe stato disposto a pagare quella somma. E invece questa viene qui a ostacolarmi nel mio lavoro e a rovinare tutto. È una cosa che non sopporto."

Nel frattempo, la donna aveva dimenticato di voler andare alla polizia, e si era messa a piangere, coprendosi il viso con la manica del kimono, quindi, sempre piangendo, aveva appoggiato la fronte sulla porta a vetro ricoperta di annunci, facendola vibrare come se fosse stata colpita dal vento.

Con una donna che russava e l'altra che piangeva, Hanio era confuso, ma a un certo punto prese una risoluzione, si alzò e, posando una mano sulla spalla della cinquantenne in lacrime, disse:

"Senta, la proposta potrebbe interessare me".

"Cosa?"

La donna si asciugò le lacrime e guardò Hanio con sguardo penetrante.

"Però a una condizione," disse Hanio. "Per non perdere tempo inutilmente, vorrei portare le mie cose in quella dépendance sin da adesso. Se non dovesse piacermi, o io non dovessi piacere a loro, me ne andrò."

"Ma è già pronto per traslocare?"

"Ho già tutto su un furgone che mi sta aspettando qui fuori. È quello, guardi."

Si era sollevato un po' di vento, e l'autista, sceso dal furgone che aveva parcheggiato oltre un muretto sotto i ciliegi, li guardava ondeggiare ammirato. Il cielo era sereno, ma offuscato da una sorta di foschia giallastra. Un gatto che camminava sul muretto fece un balzo sui rami neri di un ciliegio,

poi ridiscese lungo i rami, con un movimento fluttuante che ricordava quello di una medusa.
Un pomeriggio illuminato da una luce strana. Un pomeriggio gravido della presenza di qualcosa di molto grande, lasciato lì e dimenticato, un pomeriggio di primavera che assomigliava a un grande spiazzo vuoto pieno di luce.

Fino a quel momento Hanio aveva pensato di prendersi un periodo di pausa, ma adesso sentiva che stava per essere coinvolto di nuovo in qualcosa di strano. Forse il mondo è solo un complicato intrico di curve dalle forme più varie, e che la terra sia una sfera è un'invenzione. Accade che una delle sue parti si deformi impercettibilmente, incurvandosi verso l'interno, e un'altra, diritta, si trasformi tutt'a un tratto in un precipizio.

Dire che la vita è priva di significato è facile, ma Hanio dovette constatare ancora una volta che vivere in questa assenza di significato richiedeva molta forza ed energia.

La donna cinquantenne svegliò Reiko scuotendole la spalla.

"Senti un po', questo signore dice che sarebbe disposto a prendere in affitto la dépendance. È giovane, è scapolo, proprio quello che cerchi. Mi sembra perfetto, no? Datti una mossa e accompagnalo subito a vedere la casa."

Reiko aprì gli occhi, senza però alzare la testa dalla sedia, e sollevò lo sguardo verso Hanio. Lui notò che dalla bocca di lei pendeva un filo luccicante di saliva, il che gli sembrò ripugnante ma, allo stesso tempo, stranamente erotico.

Reiko si alzò in piedi un po' a fatica.

"Per me va bene. Ho trovato la persona che cercavo. Dovresti essere felice anche tu per me, invece di dire sempre cattiverie," disse con una certa enfasi ma con voce piatta e priva di emozione, abbracciando la donna dell'agenzia.

"Ecco, vedi perché sei insopportabile? Prima mi fai arrabbiare, e poi fai la coccolona," disse la cinquantenne, rivolgendo a Hanio un sorriso visibilmente professionale.

36.

Seguendo le istruzioni di Reiko, Hanio scaricò i mobili e il resto della sua roba davanti all'ingresso della dépendance, vicino al cancello secondario della proprietà. Quindi si lasciò guidare da lei, che lo teneva per le punte delle dita, lungo il sentiero di pietre che portava alla casa principale.

Attraversato un giardino fitto di alberi, un mondo a parte rispetto alla trafficata circonvallazione n. 7, che pure era vicinissima, si trovarono davanti alla veranda della villa, dove una coppia di anziani sedeva su sedie di vimini, l'uno di fronte all'altra.

"Ah, Reiko, sei tornata."

"Sì, e ho portato con me un signore che prenderà in affitto la dépendance."

"Ah, bene. Troverà la casa un po' in disordine, ma prego, si accomodi," disse cortesemente l'anziana signora, minuta ed elegante. Anche l'anziano gentiluomo dai capelli bianchi di fronte a lei, pure lui di aspetto molto distinto, era vestito in kimono come la moglie.

"Lieto di conoscerla. Sono Kuramoto," si presentò l'uomo con un sorriso affabile che ispirò simpatia a Hanio.

Hanio fu condotto in un salone in stile giapponese, dove lo fecero accomodare nel posto d'onore, con uno dei pilastri del *tokonoma* alle sue spalle, e gli fu servito il tè. Un'accoglienza così antiquata e cerimoniosa da risultargli un po' incongrua.

La mobilia era sontuosa. Sulle mensole di legno massiccio di sandalo rosso erano disposti diversi oggetti decorativi, tra cui un incensiere e un pappagallo di giada, e nel *tokonoma* faceva bella mostra una pittura su rotolo, antica e di grande raffinatezza, completa di iscrizione calligrafica, che raffigurava il mito cinese della Fonte dei Peschi in Fiore.

Il vecchio disse:
"Nostra figlia, lo avrà visto, ha modi un po' strani. Speriamo sia paziente con lei".

E la moglie:
"Ma no, avrà modi anche un po' strani ma in realtà ha un cuore d'oro. Nostra figlia è un angelo. Solo che è ancora ingenua, e ha un animo troppo puro per affrontare il mondo. Per questo ha preso lo Haimena..."

"No, mamma, Hyminal," la corresse Reiko con tono severo.

L'anziana madre descriveva la figlia, vicina ai trent'anni, come se fosse una ragazzina di dodici o tredici anni.

"Ah, si dice così? E poi cos'è l'altra cosa che prendi, che comincia con la elle?"

"Uffa, mamma, è l'LSD."

"Sì, perché io che ho detto? Sembra una marca di curry. Insomma, prende queste medicine che vanno di moda, e la sera va in giro per Shinjuku. Ma tutto questo lo fa solo per incontrare il suo principe azzurro, non è vero, Reiko?"

"Mamma, smettila."

"La nostra ragazza ha un carattere orgoglioso, e in questo è diversa dai suoi fratelli. E poi è portata per natura ad affrontare la vita con serietà, dote che penso sia nostro dovere incoraggiare. Non è giusto che noi anziani soffochiamo questi germogli, anzi sono convinta che dobbiamo guardarla con pazienza e affetto. E mi scusi se parlo solo di nostra figlia, ma per darle un'idea di quanto sia brava, sappia che è stata lei a dedicarsi alla ristrutturazione della dépendance. Ce l'ha messa davvero tutta, e ha deciso che voleva come inquilino un uomo veramente ideale. Che cosa avremmo potuto mai obiettare noi?

E l'incontro con lei oggi è la prova della misericordia divina. Per nostra figlia non poteva esserci felicità più grande. Cara, perché non mostri al signore la dépendance?"

Reiko si alzò e tirò Hanio per il mignolo così forte che nell'alzarsi rischiò di cadere.

La luce del giorno di primavera si riversava abbondante nel giardino, filtrata dai rami degli alberi e dal fogliame ancora rado. Quando, costeggiando il boschetto punteggiato di camelie, giunsero alla dépendance, Reiko aprì le imposte scorrevoli facendo un certo rumore.

Hanio si aspettava un odore di muffa, ma non fu così.

Nella prima stanza, adibita a cucina, non c'era un solo *tatami*: il pavimento era di piastrelle, decorate da un fitto disegno di foglie cadute.

Quando vide la stanza adiacente, Hanio spalancò gli occhi per la sorpresa.

Un lussuoso tappeto di Tianjin ricopriva il pavimento; il letto, lavorato in bambù, nello stile dell'Indocina francese, era rivestito da una coperta in twill con motivo persiano, mentre nel *tokonoma*, dove probabilmente in origine era appesa una pittura a rotolo, troneggiava uno splendido stereo. In un'altra parte della sala era stato creato un angolo, composto da sedie stile Luigi XIV in legno di sandalo vietnamita con intarsi di madreperla, illuminato da una lampada da terra in bronzo, tipicamente art nouveau, dalla forma di un corpo femminile, la cui parte inferiore era costituita da foglie di mughetto dalle linee sinuose, mentre quella superiore fungeva da base al lume.

Le pareti erano tutte rivestite di uno spesso tessuto di damasco, e in un angolo c'era un bel mobile bar fornito di bottiglie di eccellente qualità.

"Ora che vedo tutto questo, il prezzo non era esagerato," pensò Hanio.

Reiko, come se gli avesse letto nel pensiero, disse: "La donna dell'agenzia non ha la minima idea di com'è la casa. È una povera stupida. Quando le dico cose che non gradisce, va su tutte le furie, il che mi diverte. Io ho messo su questo appartamento a prezzo di tanti sforzi. Sono completamente sola. Anche quando vado a Shinjuku, ci vado da sola. Non faccio amicizia con nessuno. È perché mi sento sola che vado con gli uomini. Sono strana?".

"No, non sei strana. La cosa che noto è che hai un ottimo gusto. Anche se un gusto un po' eccentrico."

"Sono tutti pezzi dalla collezione di papà. Li ho tirati fuori dal deposito e sistemati qui. Lui pure da giovane non si è comportato sempre bene. Anche se a vederlo adesso sembra un vecchio saggio."

"Lui non ti dice niente?"

"Che mi dovrebbe dire? In questa casa nessuno osa contraddirmi, hanno troppa paura delle conseguenze."

Dicendo così, Reiko scoppiò in una forte risata, che continuò come se non dovesse finire più.

Poi si sentì bussare alla porta scorrevole, rimasta aperta, ed entrò l'anziana madre.

Aveva portato un vassoio di lacca con sopra dei fogli di carta piegati.

"Le ho portato la fattura e il contratto. Prego," disse.

Gli occhi di Hanio andarono subito a verificare il punto principale:

"Cauzione a fondo perduto: 500.000 yen
Affitto mensile: 100.000 yen".

Oltre a questo, vi erano elencati dettagliatamente vari altri punti, e il tutto era scritto in raffinati caratteri calligrafici.

"Ho il denaro, ma in assegni, e non per la cifra esatta. Oggi sono già passate le tre, ma domani andrò in banca a ritirare la somma in contanti."

"Ma certo, quando potrà, non c'è nessuna fretta," disse l'anziana signora, ritirandosi discretamente.

Hanio stava pensando a cosa fare della roba che aveva lasciato all'ingresso. I suoi mobili in quell'ambiente avrebbero fatto una misera figura, e la cosa migliore sarebbe stata chiedere se potevano tenerglieli da qualche parte.

Come se gli avesse letto nel pensiero, Reiko prontamente disse:

"Se hai bisogno di un posto in cui tenere le tue cose, ti ci accompagno quando ti pare. Vuoi tenere lì i mobili, no?".

"Come fai a capire quello che uno pensa?"

"È un effetto di quando prendo delle sostanze. Normalmente non mi succede."

Il discorso si esaurì, e i due rimasero in silenzio.

Più ci pensava, e più quella famiglia gli appariva strana. Non capiva per quale ragione Reiko avesse messo su un appartamento così lussuoso, con un letto immenso, per poi porre tante condizioni riguardo all'affittuario e stabilendo una cifra proibitiva.

Naturalmente era per assicurarsi un'entrata, ma ciò non bastava a spiegare il fatto che una donna, nemmeno giovanissima, senza lavoro né niente, dovesse tampinare un'agente immobiliare alla ricerca di un inquilino fino al punto di farsi odiare.

Era una donna eccentrica, ma non gli sembrava una pazza.

Forse un uomo come Hanio era destinato, quando era appena riuscito a scappare da qualcosa, a incontrare qualcuno appartenente a una "specie affine". Le persone sole riconoscono subito, con il fiuto di un cane, le solitudini degli altri. Non c'era dubbio sul fatto che Reiko, nonostante lo sguardo ancora offuscato di una persona che è appena riemersa dal sonno, avesse capito immediatamente che lui non era una persona sana e pragmatica.

Il fatto misterioso è che solo le persone di questo tipo tendono a decorare il proprio nido in maniera così sontuosa. Hanio, dopo avere avuto successo con il commercio della propria vita, iniziato nel suo appartamento sobrio e senza pretese, cercava un posto lussuoso in cui riposarsi, e quell'appartamento, anche grazie al soffitto basso, gli dava l'impressione di una tomba principesca.

"In questa casa mi piacerebbe riposarmi per un po' dalla stanchezza fisica e mentale," disse Hanio, in parte parlando a sé stesso.

"Stanchezza di che?"

"Stanchezza, punto e basta."

"Non sarà banalmente che sei stanco della vita, stanco di vivere?"

"Di che altro si può essere stanchi?"

Reiko fece una risatina ironica.

"Lo so io. Tu sei stanco di morire."

37.

Nonostante lo sguardo di Reiko apparisse sfocato, le sue parole colpirono il bersaglio con una precisione che aveva dell'inquietante.

Hanio tacque, un po' disorientato. Reiko tirò fuori da uno scaffale un grande volume in un'edizione sontuosa. Se lo posò sulle ginocchia e cominciò a sfogliarlo con espressione attenta. Quindi si fermò su una pagina e la indicò a Hanio dicendo:

"Ecco, è questo, guarda!".

Era un'edizione di grande formato e splendidamente illustrata de *Le mille e una notte*. L'immagine che Reiko aveva indicato si riferiva a un famoso racconto di incesto. La storia narrava di un fratello e una sorella di madri diverse, uniti da un amore negato dalla morale, e che per sfuggire agli occhi del mondo allestirono una splendida stanza dentro una tomba sotterranea. Una volta chiuso il coperchio e cessato ogni rapporto col mondo, i due si immersero nell'estasi del piacere, senza più distinguere il giorno dalla notte. Alla fine, però, la loro condotta suscitò l'ira del cielo, che li punì con il fuoco divino. Il padre trovò la tomba nascosta e ciò che vide furono i loro corpi carbonizzati, stretti in un amplesso, su un letto di broccato.

L'illustrazione mostrava i cadaveri nudi, bruciati, uniti

nell'abbraccio, le loro forme umane ancora riconoscibili, su un magnifico letto dove il fuoco non aveva lasciato alcun segno. L'immagine raccontava allo stesso tempo l'orrore e la crudeltà della morte, e il fuoco della passione che aveva infiammato quei bellissimi corpi da vivi.

Sembrava quasi che a bruciarli non fosse stata l'ira divina ma il fuoco del piacere carnale di cui avevano goduto quando erano ancora in vita.

"Sono carbonizzati ma continuano a baciarsi, vedi? Sono morti all'apice del godimento," disse Reiko.

"D'accordo, ma ti spiacerebbe dirmi, visto che hai deciso di metterti in casa un inquilino capriccioso come me, che cosa hai intenzione di fare adesso?" chiese Hanio.

"Lo saprai quando sarà il momento. Magari domani, dopo che mi avrai dato quello che mi devi."

38.

Quella sera, non avendo niente da fare, Hanio telefonò a Kaoru.

"Ehi, dove eri andato a finire? Hai lasciato il tuo appartamento, vero?" disse Kaoru con la voce piena di gioia. Sembrava che la morte della madre non avesse lasciato ombre nel cuore del ragazzo.

"Mi sono trasferito all'improvviso. Volevo darti il nuovo indirizzo e numero di telefono."

"Aspetta! Sicuro che il telefono non sia sorvegliato?"

"Il pericolo c'è, ma non me ne importa."

"Hai ricominciato col tuo commercio?"

"Al momento mi riposo."

"Meglio. Ti farà bene staccare per qualche tempo. Non hai problemi economici, vero?" chiese il ragazzo, dandosi un tono da adulto.

"Quando riprenderò, magari mi potrai dare una mano."

"No, ti prego! Smettila con questa storia e comportati come si deve. A proposito, posso venire a trovarti?"

"Per adesso è meglio di no."

"Ho capito, c'è una donna?"

"Indovinato."

"Uffa, hai proprio il vizio."

"Se avrò dei problemi ti chiamerò. Sei l'unico su cui posso contare."

Queste parole solleticarono l'orgoglio del ragazzo, che disse:

"Però se tenterò di salvarti la vita, ti risentirai con me. Quindi non so come mi devo comportare. Mah, per il momento aspetto che tu ti faccia sentire. Fino ad allora non ti darò fastidio, quindi puoi stare tranquillo".

Il giorno seguente Hanio si recò in banca, aprì un conto, incassò gli assegni e, tornato a casa, andò subito a pagare la signora Kuramoto.

"Ma che persona squisita! La ringrazio veramente. Anche mia figlia sarà molto contenta. In questo momento però non è in casa. Sa, per anni ha cercato una persona come lei..." disse la signora, elegante perfino nel sorriso, sulla porta d'ingresso. Così dicendo, porse a Hanio, sempre con quei modi cerimoniosi, il contratto, avvolto in un fazzoletto di seta viola.

"Potrei entrare un momento, se non è di troppo disturbo?" chiese Hanio.

"Ma certo, si accomodi. Prepariamo subito il tè."

Gli anziani coniugi accolsero Hanio con calore.

Mentre lo facevano accomodare in quel salone dall'atmosfera tranquilla, Hanio provò una sensazione di profonda serenità. Da quell'ambiente, tutte le forze maligne del mondo attuale erano state rigorosamente bandite. Con l'unica eccezione della loro figlia, Reiko.

Il signor Kuramoto mise da parte l'antologia di poesie Tang che stava leggendo.

"Mi fa piacere vederla in ottima forma. Ha dormito bene stanotte?" chiese.

"Grazie, molto bene." Nel rispondere, a Hanio venne spontaneo inchinarsi.

Lui aveva profuso tutte le sue energie per affrettare la propria morte. E invece di fronte a sé c'era quella coppia di coniugi che non avevano alcuna fretta di morire. Nel giardino fluttuavano al vento i petali dei fiori di ciliegio, piovuti lì da chissà dove, mentre nella casa, anche se in pieno giorno, regnavano il fresco e la penombra, e le mani bianche del vecchio sfogliavano l'antologia di poesie Tang. Marito e moglie intrecciavano i fili della loro morte con calma, prendendosi tutto il tempo necessario, come si lavora un maglione ai ferri, senza fretta, per prepararsi all'inverno che prima o poi arriverà.

Da dove veniva loro questa calma?

"Immagino che sia sorpreso da nostra figlia Reiko," disse il signor Kuramoto sorridendo. "La prego di essere paziente con lei. Se è diventata così, la colpa è solo mia."

Hanio, istintivamente, guardò il vecchio dritto in viso. In quel mentre, tornò la moglie con il tè e disse pacatamente:

"È così. Forse sarebbe meglio che gli raccontassi tutta la storia".

"Tanto tempo fa il mio lavoro aveva a che fare con le navi," cominciò a raccontare il signor Kuramoto. "All'inizio come capitano, ma in seguito abbandonai la navigazione, ottenni un posto come dirigente nella compagnia per cui lavoravo, e poi ne divenni il presidente. Acquistai una buona parte dei terreni di questa zona, con l'obiettivo, un giorno, di vivere di rendita grazie a queste proprietà. Ma con la sconfitta nella guerra, le cose si misero male per i proprietari terrieri, e per me iniziò il declino. Se fossi riuscito a conservare i miei terreni, oggi avrei un capitale di miliardi, ma per pagare le tasse patrimoniali dopo la guerra, ho cominciato a vendere una parte del terreno, poi un'altra, per bisogno di liquidità. Sono stato un idiota.

Ma veniamo a Reiko. Lei è nata nel 1939, l'anno successivo a quello in cui avevo lasciato l'incarico di capitano. Per lo stress di quel lavoro soffrii di una leggera forma di quello che oggi si chiama esaurimento nervoso. Fui ricoverato per due, tre settimane in una clinica psichiatrica. Ne uscii completamente guarito, come potrà confermarle anche il fatto che poi mi è stato offerto il posto di dirigente, e in seguito quello di presidente, ruoli che ho svolto con risultati eccellenti.

Eppure, vent'anni dopo, cioè nove anni fa, questo piccolo incidente ha avuto gravi ripercussioni sulla vita di nostra figlia.

In quel periodo Reiko ebbe una proposta di matrimonio, che accolse con entusiasmo perché l'uomo le piaceva molto. Ma improvvisamente ci fu comunicato che la famiglia non intendeva più procedere. Sarebbe stato meglio non indagare sulle ragioni di questo rifiuto, ma Reiko, che era di natura curiosa, voleva a tutti i costi scoprirle, e riuscì a saperle dalla sensale del matrimonio, una vera pettegola.

La famiglia della controparte aveva scoperto quella mia degenza in clinica di vent'anni prima ed era nato in loro il sospetto, totalmente infondato, che io fossi in realtà ammalato di sifilide, cosa secondo loro normale per un uomo di mare, e che l'avessi trasmessa a Reiko, nata l'anno prima del mio ricovero.

In seguito a questo episodio il carattere di Reiko è cambiato drasticamente.

Da allora ha cominciato a bere, a fumare. Le ho detto che tutta la storia era un'assurda fantasia di quella gente, che bastava fare un'analisi del sangue per provarlo, le ho proposto di andare insieme dal medico in modo che le spiegasse tutto, ma lei rifiutava di ascoltare. Nessuna spiegazione scientifica poteva convincerla. 'Prima o poi diventerò pazza, e siccome è solo questione di tempo, non mi sposerò e non avrò figli,' giurò, e non siamo più riusciti a schiodarla da questa decisione.

So che anche i fratelli, che sono persone serie e di buon senso, hanno tentato in tutti i modi di farla ragionare, ma lei si è chiusa sempre più in sé stessa e non ha dato retta a nessuno.

Dopo varie vicende, su richiesta di Reiko, le abbiamo intestato la dépendance, che quindi ora è di sua proprietà, ma con nostra sorpresa ci ha detto che non ci avrebbe vissuto, e che invece voleva affittarla a un prezzo abbastanza alto da poter vivere di quello.

Per quanto sia messo male, i mezzi per mantenere mia figlia non mi mancano e, come le ho detto, il denaro che riceviamo da lei passerà direttamente a Reiko.

Sono desolato di averla intrattenuta a lungo con queste tediose vicende. Ma mi auguro che, avendo conosciuto i fatti, voglia considerare nostra figlia con indulgenza e restare a vivere qui. Niente potrebbe renderci più felici.

Da un po' di tempo pare che Reiko frequenti la zona di Shinjuku, e inoltre assume sostanze strane, e quindi è malvista dal vicinato. Ma di fronte a questa sua convinzione di essere malata di sifilide e di essere destinata a diventare pazza, noi siamo del tutto impotenti.

Anche se con molto imbarazzo, ho voluto raccontarle la nostra storia.

L'unica cosa di cui ci possiamo rallegrare è che, nonostante Reiko abbia fatto ormai di Shinjuku la sua seconda dimora, e la domenica rientri spesso a casa la mattina come se niente fosse, l'abbiamo sempre vista da sola. Non sappiamo bene perché, ma non si è mai legata a nessuno. Né tanto meno si è mai portata dietro qualche personaggio strano. Questo se non altro è un gran conforto. Veder girare per casa uno di questi orridi tipi dai capelli lunghi che non si capisce se sono uomini o donne, sarebbe intollerabile.

E invece, se me lo consente, lei, nonostante la sua giovane età, si presenta in modo impeccabile. Magari tutti i giovani fossero come lei."

39.

Quel giorno, Reiko tardava a rientrare. Hanio, sdraiato sul letto, leggeva un libro ma, pur senza averne intenzione, aspettava il suo ritorno. Andare a cercarla a Shinjuku non avrebbe avuto senso. Lavorando come pubblicitario, aveva avuto modo di conoscere bene gli hippy. A modo loro cercavano di indagare la "mancanza di significato", ma lui sapeva che il giorno in cui questo vuoto di senso li avrebbe inevitabilmente colpiti, non sarebbero stati in grado di affrontarlo. Reiko ne era un esempio. Dietro la loro scelta di vita c'era una ragione del tutto mondana. Poteva essere una paura irrazionale della sifilide, l'odio per la scuola o per lo studio. In ogni caso una ragione banale.

Hanio si trovava in una posizione tale da poter disprezzare tutti quelli che avevano una "ragione" di qualche tipo.

La mancanza di significato non si abbatteva sulle persone nel modo che immaginavano gli hippy. Veniva sotto forma di caratteri di giornali che si trasformano in processioni di scarafaggi.

Ti colpiva quando pensavi di camminare tranquillamente per strada, e invece ti accorgevi di essere sulla balaustra del terrazzo di un edificio di trentasei piani.

Quando stai giocando col gatto, e nel momento in cui

apre miagolando la bocca che sa di pesce, all'improvviso si spalanca la vista sulle rovine nere di una città, come le macerie dopo un bombardamento aereo.

Quando metti una pala con il latte sotto al muso di un gatto siamese e, nel momento in cui sta per bere, alzi di scatto la pala e gli riempi il muso di latte. A questo proposito, Hanio aveva nutrito il forte desiderio di avere un gatto siamese, anche se poi il caso lo aveva portato a cenare insieme a un topo di peluche.

Questo rituale, che occupava un posto così importante nelle sue fantasie, sicuramente era altrettanto importante per la politica e l'economia del Giappone. Si sarebbe dovuto aprire così il Consiglio dei ministri, e si sarebbe dovuta risolvere così anche la questione del Trattato di sicurezza nippoamericano. Grazie alla figuraccia inattesa di un gatto pieno di superbia, possiamo finalmente capire il significato di avere un gatto in casa.

In altre parole, l'idea di Hanio era che tutto ha inizio dalla mancanza di significato, e vivendo si è liberi di attribuire alle cose il significato che si vuole. Per questo non si doveva mai, in nessun caso, partire da un'azione dotata di significato. Le persone che iniziano da un'azione dotata di significato, e poi falliscono, si disperano e si trovano di fronte alla mancanza di senso, sono dei sentimentali. Sono persone attaccate alla vita.

È talmente chiaro che basta aprire un armadio per trovarvi, insieme alla sporcizia accumulata, la mancanza di significato. Perché dunque la gente si dà la pena di cercarla, o sente la necessità di viverla nella quotidianità?

Hanio pensò che sicuramente avrebbe rimesso l'annuncio di "Vita in vendita".

Ma in quel momento la porta della dépendance si aprì, così silenziosamente che lui pensò fosse un gatto. Invece era Reiko.

Dai lobi le pendevano due grandi orecchini di plastica a forma di anello e indossava un poncho messicano. Il suo viso pallido spuntava dal collo del poncho, di una vistosa fantasia a righe gialle, rosse e verdi.

"Ah, sei tu," le disse lui, come se salutasse una persona di famiglia.

"Avrai fame, penso. Sono venuta per prepararti la cena."

"Una padrona di casa che offre un servizio impeccabile."

"Immagino che avrai già sentito qualcosa da mio padre?" chiese Reiko, scrutando la fronte di Hanio.

"Ce l'ho proprio scritto in fronte?"

"Sì. Lo sai che indovino sempre tutto," disse, e si spostò ai fornelli dove si mise a preparare qualcosa facendo un certo rumore. Hanio, annoiato, aveva voglia di chiacchierare, quindi cominciò a parlare con lei, alzando la voce sopra i rumori dell'acqua e del coltello.

"Se vuoi da stanotte posso anche venire a dormire qui da te. Che ne dici?"

"Mi farebbe piacere. Solo che..."

"Solo che cosa?"

"Non mi attira l'idea che domattina potremmo essere due cadaveri carbonizzati."

"Se vuoi posso lasciare aperta la chiavetta del gas. Così sarà una morte pulita."

"Però nelle *Mille e una notte*, i due muoiono dopo aver goduto a sazietà. Con una notte sola non ce la facciamo."

"Pretendi troppo."

Per un po' lei restò in silenzio e si sentì solo il rumore di una pentola che bolliva.

"Non è che ci hai messo del veleno?" chiese Hanio.

"Lo preferiresti?"

"Se è arsenico, lo scopriranno dopo."

"Visto che morirai con me, che ti importa?"

"Non ho ancora dato il mio consenso. Ho preso in affitto

un appartamento, non ho firmato un contratto per affittare anche te."

La cena era pronta e Reiko la portò in tavola. Un ottimo brodo, un filet mignon e una bottiglietta di vino. Guardando Hanio che mangiava di gusto, Reiko, seduta con aria languida alla maniera di un gatto, chiese:

"Ti piace?".

"Sì."

"E io ti piaccio?" chiese, con aria un po' sonnolenta.

"Come no? Cucini bene. Saresti una perfetta mogliettina."

"Basta scherzare. Io aspettavo di incontrarti da non so più quanto tempo. Ti ho anche scritto una lettera.

Ero convinta che prima o poi saresti venuto. Avevo questa strana certezza. Dovresti essere tu quella persona. La persona che ha messo sul giornale Asayū quello strano annuncio 'Vita in vendita'. È così, vero?"

40.

"Ma se è così, come hai fatto a capire che ero io l'uomo dell'annuncio sul quotidiano quando mi hai visto per la prima volta all'agenzia immobiliare? Io sono entrato lì per puro caso, come un cliente di passaggio."
"Perché avevo una tua fotografia," rispose Reiko con totale noncuranza.
"Una mia foto? E come l'hai avuta?"
"Sembri un investigatore. Non è da te questa curiosità piccoloborghese per delle banalità."
Il discorso finì lì, ma anche se l'incontro tra lui e Reiko nell'agenzia immobiliare era stato una semplice casualità, a quanto pareva una foto di Hanio, presa a sua insaputa, circolava liberamente. Ma per quale ragione? Forse, senza nemmeno saperlo, era diventato una star in un mondo di cui ignorava l'esistenza?
Finita la cena, Reiko si avvicinò a lui. Poi prese le guance di Hanio tra le mani, e con i suoi occhi, paurosamente grandi, lo scrutò in profondità.
"Ti va se ti trasmetto la mia malattia?" disse.
"Mi va," rispose Hanio pigramente.
"Siccome è certo che presto diventerò pazza, potrebbe succedere all'improvviso, anche mentre lo stiamo facendo."

Nel sentirla parlare così, Hanio provò tenerezza e pena per quella ragazza a cui il matrimonio era stato negato.

Quando Reiko si spogliò, Hanio scoprì con sorpresa la bellezza del suo corpo, che dava una sensazione di trasparenza. La pelle, che si sarebbe immaginato rovinata dall'uso di droghe, era invece intatta, liscia, e alla luce fioca della lampada sembrava avvolgere come un velo il suo spirito inquieto e solitario. Poiché i suoi seni floridi e maestosi ricordavano nella forma gli antichi tumuli funerari del Giappone, il corpo nudo di Reiko aveva qualcosa di arcaico. Perfino la sua vita stretta appariva quasi esageratamente stilizzata, mentre il ventre, che risaltava col suo pallore nella semioscurità, appariva sereno e opulento. Da qualsiasi punto le dita di Hanio la toccassero, si irradiavano impercettibili tremori che, come increspature, si trasmettevano a tutto il suo corpo. Reiko, per la prima volta silenziosa, gli sembrò una povera bambina abbandonata.

Ma al momento cruciale, nel vedere il dolore inciso profondamente, come una cesellatura, tra le sopracciglia di Reiko, Hanio ebbe un sussulto di sorpresa e l'idea che si era fatto fu di colpo ribaltata. Alla fine, sulle lenzuola rimaneva una macchia di sangue, come di un uccellino.

Dopo essersi disteso, rilassato, sul letto, Hanio preferì non menzionare quanto era accaduto, ma fu Reiko a parlare:

"Allora, non te lo aspettavi, vero?".

"No, non me l'aspettavo che fossi vergine."

Reiko si alzò dal letto in silenzio e, nuda com'era, simile a un'odalisca, prese un vassoio con del liquore dolce e due bicchierini e lo portò a letto.

"Adesso posso anche morire tranquilla," disse.

"Non dire stupidaggini," rispose Hanio, la voce incerta mentre veniva preso dal sonno. Per il momento, di discorsi sul vivere e morire ne aveva abbastanza.

41.

Poi Reiko cominciò, un poco alla volta, il suo racconto. Il suo desiderio era quello di entrare nella tomba. Ma per farlo aveva bisogno di un compagno. Un compagno adatto, e che fosse simile a lei.

Man mano che raccontava, veniva fuori la sua natura timida, di signorina di buona famiglia, in contrasto con il suo aspetto e il suo modo di parlare.

"Io avevo fermamente deciso di non innamorarmi mai di nessuno. È ovvio: se mi fossi innamorata di qualcuno, prima o poi gli avrei trasmesso la malattia e avrei sofferto per lui. E anche se ci fosse stato qualcuno che mi amava al punto da accettare di essere contagiato, che cosa gli avrei potuto offrire in cambio? Una donna come me, destinata a finire in un ospedale psichiatrico. Prospettiva desolante. Perciò, anche quando mi è stato chiesto, non mi sono mai data a nessuno. Ho preso l'Hyminal e l'LSD, ma quando ho capito che la situazione si faceva pericolosa, sono sempre tornata a casa. Mia madre si prende cura di me amorevolmente, e preferisco così. Poi a un certo punto mi sono stancata di questi ragazzi pieni di fascino ma con pochi spiccioli in tasca. Del resto, quelli che hanno i soldi sono uomini avanti negli anni e che pensano solo a metterti le mani addosso.

Col tempo è sorto in me il desiderio di offrire la mia verginità a un giovane scapolo che volesse comprare la bella tomba che avevo costruito, il mio corpo e la mia vita. Ma a una condizione. Che fosse un uomo a cui poter trasmettere la mia malattia senza provarne rimorso, un uomo per cui il futuro non conta, pronto a morire con me in qualsiasi momento. Avrei voluto incontrare un uomo così, e lui avrebbe comprato tutto ciò che gli offrivo. Per questo, dal momento che ho visto la tua fotografia, l'ho conservata gelosamente, e ho sperato di incontrarti."

"Allora, ti decidi a dirmi come hai avuto questa foto?"

"Di nuovo? Come sei noioso! Perché mi interrompi? Non è da te."

Anche questa volta Reiko evitò di rivelare come avesse avuto la foto.

Hanio passò il braccio intorno al collo di lei, avvicinando a sé quel viso imbronciato e, come parlando a una bambina, le disse:

"Stammi a sentire. Smettila con questi sogni stupidi e svegliati! Ti comporti in modo infantile. A trent'anni ti diverti ad andare in giro tra la peggiore gioventù di Shinjuku e a dipingere il mondo di blu solo in base alle tue fantasie. Se in una stanzetta di sette metri quadri metti una luce blu, tutta la stanza diventa blu, ma non succede altro. Non è che grazie a questo la stanza si trasforma nel mare.

Punto primo, tu non sei malata. È solo una fantasia da bambina viziata.

Punto secondo, tu non diventerai pazza, ci posso mettere la firma. O se preferisci, hai già la testa piena di pazzie infantili, e più pazza di così non diventerai. Garantito.

Punto terzo, avere paura di diventare pazza non è una ragione per morire.

Punto quarto, non c'è nessuno che voglia comprare la tua vita. Non so con che faccia vieni a chiedere a me, un professionista, di comprare la tua vita. Fino a prova contraria sono io che vendo la mia vita, e non mi sfiora nemmeno il pensiero di comprare quella degli altri. Non ho intenzione di scendere così in basso.

Sentimi bene, Reiko. Io penso che non ci sia persona più infelice di chi compra la vita di un altro, e ancora di più se la compra per suo uso personale. I miei clienti sono tutti persone che hanno toccato il fondo, e mi fanno una gran pena. Poiché erano persone così, ho lasciato volentieri che la comprassero. Ma il tuo caso è diverso. Una come te, una bambina di trent'anni che ha appena perso la verginità, la cui disperazione si basa su una fantasia bacata, e che non ha toccato nessun fondo, non ha i requisiti per comprare la mia vita".

"Ma io non sto dicendo di comprare la tua vita. Sto dicendo che ti voglio vendere la mia."

"Allora non capisci? Io non compro, io vendo."

"Anch'io vendo."

"Ma va', sei solo una dilettante."

"Non darti queste arie da professionista."

"No? Però ho messo insieme un bel capitale!" disse Hanio con una certa enfasi.

E a questo punto scoppiarono tutti e due in una gran risata.

42.

Poi la loro vita nella dépendance, cominciata con queste premesse, procedette in modo piacevole, almeno all'inizio.
Tuttavia, la predica di Hanio non ebbe alcun effetto. Reiko continuò ostinatamente a considerarsi malata, rimase convinta del fatto che presto sarebbe impazzita, e rifiutò in modo categorico di farsi vedere da un medico.
"Se io dovessi impazzire per un attacco improvviso, ti prego di uccidermi subito, e di morire anche tu. Hai capito bene?" ripeteva spesso.
Hanio la ascoltava e se la cavava con qualche risposta vaga. I due conducevano, almeno esteriormente, la vita di due innamorati che hanno cominciato a vivere insieme. Quando uscivano per andare al cinema o fare una passeggiata, Hanio proibiva severamente a Reiko di indulgere nei suoi gusti hippy e le faceva indossare abiti il più possibile semplici, come si conviene a un giovane moglie. Il viso di Reiko aveva perso quell'apparenza vistosa e una naturale eleganza cominciava a emergere nei suoi tratti.
Una sera andarono a fare una passeggiata in un piccolo parco nei dintorni, per vedere il tappeto di petali di ciliegio provocato dal temporale del giorno prima. Il parco era uno spazio lungo e stretto che costeggiava i binari di una linea ferroviaria privata e al cui centro, tra altalene e giochi per

bambini, svettava un gigantesco, antico albero di ciliegio. Attraversato il passaggio a livello, che formava una specie di dosso, si trovarono davanti al cancello del parco. Quel giorno era bel tempo e l'aria quasi calda, ma la pioggia del giorno prima aveva impregnato il terreno prospiciente il cancello di un'infinità di petali di ciliegio. Anche un vecchio giornale, con le pagine aperte, era stato incorporato dalla pioggia in quell'intarsio di petali.

Stranamente non si udivano voci di bambini.

Il parco era silenzioso, e tra i petali di ciliegio che continuavano a cadere, il castello di tubi di metallo per i bambini risplendeva argenteo alla luce del tramonto.

Mentre stavano per sedersi su una panchina, si accorsero che c'era qualcuno sull'altalena e la stava facendo dondolare leggermente tra i fiori cadenti.

Era un uomo anziano, di corporatura minuta, in cravatta.

Seduto sulla panchina accanto a Reiko, Hanio guardava il vecchio, che volgeva loro le spalle, con la sensazione di averlo già visto. L'uomo, con una mano appassita, tirava fuori dalla tasca sinistra delle arachidi e se le metteva in bocca una alla volta, mentre con la destra muoveva un burattino.

Il burattino era piuttosto grande, e l'uomo lo manovrava con l'indice, nel quale era infilata la testa, e con il pollice e il medio, che reggevano le braccia. Non era uno di quei pupazzi per bambini che si vendono di solito, che rappresentano animali, rane fiabesche e pagliacci. Era un personaggio femminile che indossava un abito da sera scarlatto, di un raffinato tessuto di seta, aveva un seno florido, un viso da ragazza alla moda stile mannequin, e portava perfino un vivace rossetto sulle labbra.

Sotto la pioggia di petali, il vecchio continuava a sgranocchiare le arachidi con una mano, tenendo sollevato il burattino con l'altra, manovrandone le braccia e la testa in modo maldestro. La testa, la muoveva a destra e a sinistra, e su e giù, facendola annuire. A quanto pareva, al vecchio piaceva in modo particolare farla annuire, perché ripeteva a lungo questo movimento, sempre mangiando con visibile soddisfazione le arachidi. Quando il burattino piegava in giù la testa sembrava stesse prostrandosi in scuse nei confronti del vecchio.

Con questa scena davanti, era difficile per Hanio e Reiko chiacchierare come se niente fosse, quindi rimasero in silenzio. Poi a un tratto si sentì il rumore assordante prodotto dall'incrociarsi di due treni che procedevano in direzioni opposte.

Nell'udire quel fragore il vecchio si voltò e si accorse che dietro di lui c'erano delle persone. Il collo, che spuntava da un colletto pulito, era rinsecchito, pelle e ossa, e quando si girò un po' di più, sembrò sul punto di spezzarsi. In quel momento il suo sguardo e quello di Hanio si incontrarono.

Subito l'uomo si alzò dall'altalena con un'espressione di terrore negli occhi, ma il movimento improvviso fece oscillare l'altalena e lui, sul punto di cadere, dovette sorreggersi al palo metallico.

"Mi ha seguito! Eppure mi aveva promesso di non farlo. Mi ha seguito!"

"Si sbaglia," disse Hanio, che aveva capito il terrore del vecchio. "È solo una coincidenza. Sono più sorpreso di lei."

"Davvero? Non mi prende in giro?" disse il vecchio, avvicinandosi alla panchina con il burattino che pendeva dalla mano destra, e uno sguardo carico di sospetto. Ma l'aspetto distinto di Reiko, seduta accanto a Hanio, sembrò rassicurarlo.

Il vecchio si fermò in piedi davanti a loro due e, sollevando il mento per indicare Reiko, disse: "Anche la signora è sua cliente?".

"No, anzi gliela presento. È mia moglie. Ci siamo sposati e viviamo da queste parti."

Reiko fece un breve inchino con la testa, restando in silenzio.

"Ah, se è così vi faccio i miei auguri," disse il vecchio, visibilmente spiazzato. "Posso sedermi accanto a voi?"

"Prego."

Dopo essersi seduto, il vecchio appariva a disagio, come se non sapesse come avviare la conversazione. Posò il burattino sulle ginocchia, e fece sibilare la sua dentatura artificiale.

"Nonostante la dentiera, vedo che mangia senza problemi le arachidi," disse Hanio senza cerimonie, anzi con una certa familiarità.

"È una dentiera speciale, che mi sono fatto fare apposta. L'unico difetto è il rumore che fa quando respiro. Vuole vederla?"

"Sì, grazie."

Il vecchio si sfilò il burattino dalle dita, lo ripose in tasca con cura, si infilò le dita in bocca e ne estrasse la dentiera. Ai lati degli incisivi, spiccavano due denti particolarmente lunghi e affilati, evidentemente i canini, mentre in fondo i molari presentavano una dentellatura simile a una sega.

"Sembra la dentiera di un vampiro," commentò Hanio con una certa ammirazione. Su ogni dente erano rimasti attaccati i resti triturati delle arachidi.

"Grazie a questi canini posso masticare le arachidi senza problemi," spiegò il vecchio. "E i molari li ho fatti fare in modo da poter mangiare bistecche fino alla morte. Sa com'è, nella vita ormai l'unico piacere per me resta il mangiare... A proposito, sembra che lei abbia messo la testa a posto."

"Si direbbe di sì."

"Devo dire che è una bella sorpresa, sapendo il tipo di vendita rischiosa che faceva, ritrovarla vivo e sposato come niente fosse. Quanto a me..." A questo punto il vecchio tirò fuori dalla tasca il burattino e lo mostrò a Hanio. "Adesso, giocando con questo, io sono ancora con Ruriko."

Hanio prese il pupazzo e, nel saggiarlo con le mani, la sua consistenza flaccida e vuota gli fece venire alla mente l'espressione "spoglie mortali". Turbato, lo restituì in fretta al vecchio. A guardarlo meglio, sebbene la testa non assomigliasse a quella di Ruriko, nell'attimo in cui il pupazzo passò nelle mani del vecchio, la faccia, inclinata, gli apparve identica a quella di lei mentre era sul letto, e si sentì rabbrividire.

"Mi dispiace. Immagino che mi odierà, adesso," disse Hanio.

"Ma no, assolutamente. Anzi, le sono grato. Il destino di Ruriko era comunque segnato, e averla incontrata prima di morire l'ha resa felice."

All'improvviso, Reiko diede un pizzico a Hanio sulla coscia con tanta violenza da farlo sobbalzare. Il vecchio sobbalzò anche lui per la sorpresa.

"Ehi, non mi fate prendere questi spaventi! Volete farmi venire un colpo?" bofonchiò l'uomo con voce lamentosa.

"Però, era una donna come non ce ne sono altre. Era come questi petali che cadono nel tramonto. Luminosa, splendida, ma anche fredda, e fragile. Un uomo che aveva fatto l'amore con lei anche una sola volta non riusciva più a dimenticarla per il resto della vita, ed è comprensibile che gli venisse voglia di ucciderla. Più che comprensibile. Al diavolo la legge. Non c'è essere umano che non viva portandosi sulle spalle una colpa. In ogni caso non sono io che l'ho uccisa. È stato un castigo divino. È morta per un castigo divino."

Poiché il monologo del vecchio minacciava di andare avanti all'infinito, Hanio lanciò un'occhiata a Reiko e si alzò.

"Ci scusi ma dobbiamo andare. Non le chiedo il suo indirizzo e non vedo la necessità di darle il nostro. Stia bene," disse Hanio.

"Aspettate un momento. Un momento solo. È una cosa importante," disse il vecchio, alzandosi e afferrando Hanio per il bordo della maglia. "Sbaglia a pensare che si possa vendere la propria vita. Lei viene tenuto d'occhio. È sorvegliato da lontano. Quando verrà il momento, la faranno fuori. Cerchi di stare attento."

43.

L'incontro con il vecchio aveva provocato in Hanio un turbamento che lui stesso non sapeva spiegarsi.

Fino a quel momento non aveva mai creduto che le sue azioni fossero collegate fino a formare, da qualche parte, un cerchio.

Per lui vendere la propria vita era sempre stata un'azione isolata, come gettare ogni volta un mazzo di fiori in un fiume. Non era previsto che il mazzo fosse raccolto da qualcuno e disposto in un vaso. I fiori avrebbero dovuto galleggiare sull'acqua, e poi affondare o essere trasportati dalla corrente verso il mare.

Quella sera, l'atteggiamento di Reiko in camera da letto fu particolarmente tenero.

Dopo aver fatto l'amore, i suoi occhi brillavano di una lucentezza speciale.

"Sai? Grazie a te, forse potrei diventare una persona normale," gli disse, con un tono serio nella voce.

"Come mai? Non eri tu quella che voleva fare di questo posto una tomba per i morti di lussuria?"

"Sì, all'inizio sì. Cercavo un uomo che volesse comprare la mia vita. Però probabilmente pretendevo requisiti eccessivi dall'acquirente, e mi comportavo in modo capriccioso ed egoista. Ma incontrare te ha appagato ogni mio desiderio.

Ero convinta di poter essere apprezzata unicamente per i miei soldi, e forse questo dipendeva dal fatto che ero oggettivamente una che portava in dote una casa. Chi mi avesse comprato doveva pagare col denaro il pacchetto 'ragazza malata con proprietà immobiliare'. Non accetterei che qualcuno mi volesse per pietà. Non permetterei a nessuno di vivere con me e morire per me gratis solo perché gli ispiro compassione."

"Ma quante volte devo dirti che non sei malata?"

"Vuoi consolarmi."

"Non voglio consolarti. Dico solo la verità. Perché sei così sciocca?"

"Quello che mi preoccupa è quanto mi odierai quando scoprirai di essere stato contagiato. Ma prima ancora, se all'improvviso dovessi impazzire, anche tu che oggi sei così gentile, diventerai freddo e mi pianterai in asso. Mi sembra già di vederlo. È solo adesso, solo adesso che posso godermi l'illusione di poter 'diventare una persona normale'. E godermi anche il sogno di sposarmi con te, avere dei bambini, vivere una vita felice nella sua normalità. Solo adesso. Neanche prima avrei mai pensato a una cosa del genere."

Reiko proseguì, descrivendo nei dettagli il suo "sogno tinto di rosa", e Hanio fu sorpreso dalla banalità delle sue fantasie.

Reiko si immaginava moglie premurosa e felice, e poi mamma di un bambino. Era stata costretta a fare il parto cesareo, ma non c'erano state complicazioni, e il piccolo era uno splendore. Naturalmente, prima di rimanere incinta, aveva già smesso di prendere Hyminal e LSD.

"Perché il parto cesareo?" chiese Hanio, interrompendo il flusso del discorso.

"Avendo il primo figlio alla mia età, le probabilità che sia necessario sono alte," rispose Reiko con noncuranza, e riprese a fantasticare.

La sua tomba della lussuria si trasformava nella casa di una nuova famiglia. La dépendance veniva completamente riorganizzata, gli alberi che la circondavano abbattuti, la parte della casa rivolta a sud liberata dalla vegetazione per renderla più luminosa, e al posto dell'edizione rara delle *Mille e una notte* c'era un'enciclopedia per bambini. Hanio riprendeva il lavoro di prima, quello serio, e un volpino faceva la guardia alla casa durante le loro assenze. Via il giardino di sabbia e rocce che sorgeva in mezzo alle piante lussureggianti, sostituito da un prato, con al centro un'altalena e intorno delle aiuole fiorite, curate personalmente da Reiko. Poi, con l'avvicinarsi dell'estate, lei andava in un grande magazzino a comprare "La casa delle formiche".

Si trattava di un nuovo articolo che aveva visto di recente e che voleva regalare al bambino protagonista di questo suo sogno impossibile da realizzare.

Era costituito da una sorta di paravento di plastica, da una vaschetta trasparente piena di sabbia bianca grezza e da una base di plastica verde decorata con scene di fattorie, boschi e colline. Sui bordi laterali si aprivano dei forellini in cui si introducevano le formiche operaie, le quali scavavano alacremente gallerie nella sabbia e fabbricavano il loro nido, perfettamente visibili dall'esterno. Era un giocattolo quanto mai adatto a stimolare la curiosità e lo spirito di ricerca dei bambini.

"Che dici, piccolo mio, è divertente, no?"
"Ma, ma, ma..." balbettava lui.
"Oh, sono già le cinque! Devo preparare la cena."
"Ma, ma, ma..."
"Amore mio, adesso gioca un po' da solo nel tuo box. Papà arriva ogni giorno alle sei e un quarto e la mamma deve cucinare. Poi, mentre la pentola bolle facendo gluglu, la mamma svelta svelta si trucca per essere pronta per l'arrivo di papà. Capito? Mi prometti che farai il bravo?"

"Ma, ma, ma..."
Hanio ascoltava con crescente disgusto la descrizione della loro vita futura elaborata da Reiko. Ma questa era proprio la vita degli scarafaggi! La vera natura di quell'esercito di scarafaggi che strisciava sulla pagina del giornale. Era per fuggire da quello che lui aveva scelto il suicidio.

Se andava avanti così, poiché la malattia di Reiko era solo frutto della sua immaginazione, ci voleva poco perché questa vita da lei sognata si trasformasse in realtà. Pur sapendo che era irrazionale, cresceva in Hanio la volontà di credere che la malattia di Reiko fosse reale. La sua fantasia sulla loro vita futura, per esempio, poteva esserne un sintomo.

"Ma sono solo sogni... Tu sei talmente sano (stranamente, era una cosa che a Hanio le donne dicevano spesso) che senza accorgermene mi sono lasciata influenzare e ho avuto l'illusione di esserlo anch'io, ma so bene che presto diventerò pazza."

Questa volta Hanio rinunciò a contraddirla e restò in silenzio.

Nemmeno quella tomba di piacere sprofondata nella notte era completamente isolata dal mondo. Il suono acuto dei clacson delle auto lungo la salita che girava attorno alla casa risuonava penetrante, rompendo il silenzio, come i bagliori prodotti dalle pinne di pesci volanti che, librandosi in alto, rompono la superficie della notte di primavera, densa e buia come il mare. Una notte insonne, che in lontananza rimbomba di voci, carica della gigantesca frustrazione della metropoli, dove dieci milioni di persone, nell'incontrarsi, al posto dei saluti si scambiano frasi come "Che noia, che noia, che terribile noia! Possibile che non ci sia niente di divertente?". Una notte dove branchi di giovani sono trasportati dalla corrente come plancton. La mancanza di significato della vita. L'estinzione delle passioni. La natura effimera di gioie e piaceri, simili al chewing gum, che una volta masticato perde il sapore e finisce sputato ai bordi della strada. Vi sono anche quelli che, pensando che il denaro risolva tutto, rubano i fondi pubblici. Fondi pubblici che abbondano in ogni parte del Giappone e brillano di una luce seducente. Denaro messo in posti dove tutti possono toccarlo ma nessuno può utilizzarlo per sé. Tutto è come quei fondi pubblici: è lì in mostra per tentarti, ma se cerchi di afferrarlo, in un attimo diventi un criminale e un reprobo per la società. Metropoli piena di tentazioni e priva di soddisfazioni. È questo l'inferno che turbina attorno alla tomba di piacere di Hanio e Reiko, mostrando i suoi denti affilati.

Hanio si chiese se Reiko in fondo non fosse una donna talmente pura, timida e semplice da essersi creata quell'invenzione assurda solo per proteggersi.

Mentre Hanio faceva queste riflessioni, Reiko, che in breve tempo aveva fatto sue tutte le doti da perfetta casalinga, si alzò dal letto e indossò una vestaglia.

"Ti va di bere un ultimo bicchiere prima di dormire?" chiese.

"Sì. Mi andrebbe qualcosa di dolce. Avevamo del Cherry Heering, mi pare."

"Sì. Ne prendo un po' anch'io," disse. Andò a un mobiletto nell'angolo, tirò fuori due bicchieri e vi versò il liquore, quindi li portò, colmi di quel liquido rosso scuro, su un vassoio d'argento.

"Salute!" disse Reiko, con voce dolce e un sorriso un po' forzato. I due sollevarono i bicchieri e li toccarono facendoli tintinnare, quindi li portarono alle labbra.

In quel momento Hanio si accorse che la mano di Reiko tremava leggermente, le strappò il bicchiere e ne versò il contenuto sul vassoio d'argento, che si tinse istantaneamente di nero.

Hanio annusò il liquore nel suo bicchiere, quindi rovesciò anche quello sul vassoio che si tinse di nero fin sul bordo, dove era schizzato il liquido.

"Perché l'hai fatto?" gridò Hanio, scuotendola per le spalle.

"Lo sai perché. Lo sai! Ho pensato che il massimo della felicità fosse morire adesso, insieme," rispose Reiko, accasciandosi sul letto in lacrime.

"A me non sta bene," disse Hanio con fermezza, incrociando le braccia sul petto, mentre tentava di dominare il cuore che gli batteva all'impazzata, come non gli era mai successo quando stava per essere ucciso.

"Vigliacco! Proprio tu che hai messo in vendita la tua vita... che ti prende?"

"Sono due cose diverse. Non mi ricordo di avere mai venduto la mia vita a te. Anzi, sono io che ti sto pagando."

"Insomma non vuoi morire insieme a me."

"Piantala con queste lagne. Visto che hai l'ambizione di essere una donna che vende la sua vita, cerca di mostrare un po' di fermezza. In ogni caso, la mia vita appartiene a me. Se decido di venderla è in base alla mia volontà, e intendo farlo nel pieno possesso delle mie facoltà. Senza essere soggetto alla volontà di altri, né tantomeno avvelenato a tradimento. Non farti idee sbagliate su di me. Non sono quel tipo di uomo."

"Non sei quel tipo di uomo? Che tipo di uomo sei allora?"

A queste parole, Hanio restò per un momento interdetto.

Ora che lei gli aveva posto la domanda, provò a riflettere: se non era "quel tipo di uomo", "quale tipo di uomo" era? Le parole che lui stesso aveva appena pronunciato con fare minaccioso cominciarono a galleggiare nel cielo come palloncini. Erano parole in cui nemmeno si riconosceva. Certamente le aveva dette seguendo una logica, ma adesso ci sentiva qualcosa di strano. Ma qualunque fosse la ragione, il significato, inequivocabilmente, era: "Non voglio morire, e basta".

Questo rappresentava un tradimento verso sé stesso? In fondo non avrebbe dovuto esserci differenza tra il morire vendendo la propria vita, o finendo uccisi a propria insaputa. Aveva parlato con una certa prosopopea di morire solo in base alla propria volontà, ma in fondo quando aveva messo in vendita la propria vita non era stato perché, dopo aver fallito nel tentativo di suicidarsi, cercava un'occasione e un modo per morire affidando il lavoro ad altri? Sebbene non avesse iniziato questa vendita per soldi, tutti i suoi clienti avevano insistito per offrirgli denaro. Allora, alla fin fine, morire ucciso senza sapere perché, opportunità che gli era stata offerta da Reiko, non era forse la condizione che lui più desiderava? In questo caso doveva concludere che Reiko era la donna a lui più congeniale, oltre che la più gentile e premurosa.

Queste riflessioni gli attraversavano la mente con grande intensità, ma Hanio sentiva di dover continuare a ostentare sicurezza, anche se il suo battito accelerato, che non voleva attribuire alla paura, ancora non si placava.

44.

Quella notte si concluse così, ma segnò una svolta nel suo rapporto con Reiko, che divenne per lui molto fastidioso.
Non fidandosi più di quello che lei gli propinava, guardava ogni cibo e bevanda con sospetto.
"Non è avvelenato, stai tranquillo. Guarda, lo assaggio prima io," diceva Reiko. Faceva mostra di scherzare, ma in realtà aveva cominciato a tenere costantemente d'occhio Hanio, temendo che potesse fuggire.
In effetti il vero veleno era nei suoi occhi mentre scherzava. Aveva completamente smesso di parlare con quel tono innocente e infantile, e in ogni sua parola si percepiva un evidente disprezzo.
"Visto che ci tieni così tanto alla vita, attento a non prendere il raffreddore, se no sai che tragedia!"
"Prego che tu abbia una vita lunga, lunghissima."
"Forse farei bene a comprare un volpino. Sola con te non mi sento sicura. In caso di pericolo, sei il genere di cavaliere che scapperebbe a gambe levate."
"Sarai esaurito, a forza di stare sulle spine tre volte al giorno, ogni volta che mangi. Provo a darti qualche medicina ricostituente?"
Dovunque Hanio andasse, lei lo seguiva, e se era lei ad andare da qualche parte, lo costringeva ad accompagnarla.

Il suo modo di abbigliarsi era diventato ancora più stravagante di prima, e aveva ricominciato ad abusare di sonniferi. Si dedicò a creare una serie di vestiti dalle fogge più assurde. Ispirata dalle lanterne giapponesi, si fabbricò un vestito di carta tutto gonfio che le ricopriva il corpo facendo di lei una lanterna vivente. Trascinò Hanio in un locale da ballo e, nel culmine della danza, urlò: "Sono una lanterna! Dentro sono tutta fuoco! Strappate via da me questa roba!". Alcuni ragazzi allora le fecero a pezzi il vestito, e lei, rimasta in sottoveste rossa, continuò a ballare sempre più freneticamente.

Quando il suo stato di alterazione era al massimo, Hanio cercava di cogliere l'occasione per fuggire, ma proprio in quei momenti la sensibilità di lei si faceva più acuta, e subito gli si parava davanti, e gli bloccava la strada dicendo: "Dove credi di andare?". Perfino quando lui andava in bagno si metteva davanti alla porta aspettando che uscisse.

Tempo prima, Reiko gli aveva detto che l'assunzione dei farmaci stimolava in lei intuizioni e presentimenti. Adesso succedeva che in mezzo al frastuono della sala da ballo, mentre danzava, gli urlasse contro, guardandolo in faccia, cose del tipo:

"Lo so che stasera hai in mente di scappare. Ma non te lo permetterò. Lo so bene che ti tieni addosso i risparmi per essere sempre pronto a fuggire. Te li sei perfino cuciti nella panciera e non te ne separi mai, nemmeno quando dormi. Vigliacco che sei, pensi solo a salvarti la vita! E anche avaro! Se tenti di scappare ti ammazzo, quindi se vuoi vivere a lungo non ci provare nemmeno. Visto che finalmente sono impazzita? Però non lo sapevo che essere pazza fosse così divertente. A saperlo, sarei impazzita prima".

Una notte, Reiko all'improvviso disse di avere mal di pancia e lo costrinse ad accompagnarla sin dentro al bagno. Lui la seguì suo malgrado, ma altre donne che erano lì si misero a urlare e chiamarono il gestore del locale, che lo sbatté fuori senza complimenti.

Era la sua ultima occasione!

Hanio si lanciò in fuga nella città di notte.

Cercò di prendere le strade più labirintiche e poi proseguì scegliendo le direzioni più difficili da indovinare. Non poteva correre troppo per non attirare l'attenzione, e anche trovare un taxi non era facile. A quell'ora ne passavano pochissimi, e non voleva rischiare di impegolarsi in trattative irritanti con qualche autista. Non gli restava quindi che camminare.

Il pericolo gravava però su ogni suo singolo istante.

Si sforzava di deviare dalle rotte più ovvie, infilandosi in dedali di strade, passando da un vicolo a un altro sotto le luci dei neon, calpestando a un certo punto nel suo camminare febbrile un topo morto, respingendo le prostitute che lo tiravano per la manica, nella speranza di arrivare in un posto in cui potersi sentire al sicuro.

A un certo punto sbucò in un'area residenziale, modesta e male illuminata, e si trovò in una zona dove le case, tutte immerse nel silenzio, si susseguivano con i loro tetti bassi sotto la ferrovia sopraelevata. Vi era un terrapieno ai cui bordi erano accumulate montagne di spazzatura, e le vie non solo non erano asfaltate ma erano completamente cosparse di ciottoli, residui di lavori stradali, anche se l'oscurità, interrotta solo da rari lampioni, nascondeva in parte la scena.

Fino a quel momento Hanio era talmente concentrato nel suo camminare che non si era accorto di niente, ma a un tratto, mentre si stava asciugando la fronte sudata con un fazzoletto e, rallentata l'andatura, stava per girare in una stradina secondaria, sentì dei passi furtivi alle sue spalle. Il rumore dei passi cessava quando lui si fermava, e tornava a udirsi quando lui riprendeva a camminare.

45.

Quando si voltò a guardare, non vide nessuno, ma non appena ricominciò a camminare, sentì che quel rumore di passi lo seguiva.

Però a pensarci bene forse era solo il rimbombo dei suoi propri passi, e si stava allarmando per nulla, così decise di ignorarlo. Poco dopo vide avvicinarsi una strada picna di luci e, anche se fino ad allora aveva preferito addentrarsi in luoghi bui, adesso non vedeva l'ora di spostarsi in una zona più luminosa. Accelerò quindi il passo, ma in quel momento all'improvviso avvertì come una puntura alla coscia.

Non era possibile che fosse una zanzara, non era la stagione. Ma siccome il dolore passò velocemente, continuò a camminare e finalmente, con un certo sollievo, giunse in una strada ampia e luminosa.

Naturalmente i negozi erano tutti chiusi. La strada era costeggiata da lampioni ad arco, con lampade a forma di mughetto che illuminavano inutilmente insegne e vetrine. Una strada insignificante, attraversata da un viavai rumoroso di auto.

Hanio notò, dal lato opposto della via, all'imbocco di una stradina, un cartello di fattura tradizionale con su scritto, in caratteri bianchi su fondo nero:
"Pernottamento: 800 yen
Riposo: 300 yen".

Dopo aver controllato che lì intorno non ci fosse nessuno, attraversò la strada, di nuovo si guardò intorno, quindi entrò nel vicolo.

Quel piccolo hotel, chiamato Keikōkan, era evidentemente un albergo a ore, anche se, unico edificio di quel genere, risultava completamente incongruo nel quartiere.

All'ingresso c'era una lampada poco luminosa, sulla cui superficie sferica si posavano degli insetti moribondi. Hanio aprì la porta a vetri. Dentro non c'era nemmeno una reception, ma notò un cartello con scritto "In caso di assenza, suonare questo campanello".

Sotto c'era un pulsante crepato e ingiallito. Hanio lo premette.

Da qualche parte in fondo alla casa sentì risuonare debolmente un campanello. Poi seguì un rumore come di qualcuno che inciampasse e di qualcosa caduto in terra, udì un "Ahi!", un colpo di tosse, e infine comparve una vecchia dalla corporatura minuta.

"Prego. Vuole una stanza?" disse guardandolo con occhi in cui risaltava il bianco della sclera.

"Sì. Ne avrebbe una libera?" chiese Hanio per pura cortesia, immaginando che l'albergo fosse semideserto.

"Purtroppo le stanze migliori sono già prese. Si parla tanto di crisi, ma noi non ci possiamo proprio lamentare. I clienti non ci mancano, neppure d'estate, anche se non abbiamo l'aria condizionata. L'ingresso è appartato, quindi la gente non ha problemi a entrare. Un po' come per i banchi di pegni."

Mentre la donna parlava, a Hanio venne in mente che l'albergo potesse essere frequentato da voyeur. Se lui avesse insistito per avere una delle "stanze migliori", la vecchia gli avrebbe estorto la cifra di 5.000 yen e poi l'avrebbe condotto in una stanza provvista di uno spiraglio per spiare nella stanza accanto. Da questo punto di vista, la sua spiegazione era stata molto abile. Menzionare che i clienti venivano anche d'estate, pur in mancanza di aria condizionata, era un modo di far capire indirettamente i servizi speciali offerti dalla casa. Una tecnica ammirevole.

Ma Hanio senza esitare disse:

"No, una stanza delle meno buone mi va bene. 800 yen a notte, giusto?".

A queste parole, l'espressione della donna si irrigidì di colpo, come una porta che si chiude. Lo condusse al piano superiore, in una stanza minuscola, quasi un ripostiglio, intascò gli 800 yen e disse:

"Il *futon* è nell'armadio. Quando vuole dormire, pensi lei a prepararlo".

Non diede il minimo segno di volergli portare un tè.

Hanio era talmente stanco che voleva dormire subito, quindi per un momento pensò di chiedere alla vecchia di stendere lei il *futon* da subito, ma sapendo che avrebbe ottenuto solo uno sguardo in tralice di quegli occhi biancastri, rinunciò.

Lo sfrecciare delle auto faceva vibrare la stanza, e il rumore era così forte che sembrava corressero dentro l'edificio. Era il fragore delle onde della metropoli di notte. Dall'altro lato del corridoio gli giunse un grido di donna, ma poiché subito dopo seguì una serie di gemiti e sospiri, decise che non era il caso di allarmarsi. Nell'aria aleggiava un lieve sentore di gabinetto.

"Oltre questo soffitto c'è il cielo stellato, avvolto nello smog," pensò Hanio. La testa appoggiata sul braccio, guardando il soffitto macchiato di umidità, percepì una scenografia divina. Oltre il soffitto di una sala congressi con il suo lampadario scintillante, oltre il soffitto di una sordida locanda come quella, si stendeva lo stesso maestoso cielo stellato. Sotto quel cielo, sofferenza e solitudine, felicità e successo, erano esattamente uguali. Se si fosse scoperchiato uno di quei soffitti, sarebbe apparso lo stesso cielo. Anche la mancanza di significato della sua vita era direttamente collegata a quel cielo stellato. Hanio era forse un "piccolo principe" che si nascondeva in quell'infimo albergo.

Tirò fuori il *futon*, umido e freddo, e lo stese senza troppa cura per terra. Non avendo nemmeno l'energia per spogliarsi, provò a dormire vestito com'era, ma i pantaloni stretti gli davano fastidio, quindi se li sfilò bruscamente. In quel momento sentì una trafittura alla coscia. Una spina o una scheggia doveva essersi conficcata nella gamba passando attraverso il tessuto. La cercò ma non riuscì a trovarla. Controllò meglio alla luce della lampada e vide che il resto della scheggia spezzata era penetrato nella carne, lasciando un segno nero sulla pelle. Non usciva sangue, ma il punto era un po' dolorante.

Voleva dormire ma non ci riusciva. L'immagine del viso di Reiko gli si presentava davanti agli occhi con insistenza. Guardandolo fisso, infilava la mano nella "Casa delle formiche", ne afferrava due o tre con le dita e gliele gettava in faccia. Intanto la trafittura si era trasformata in un dolore sordo, gli sembrava di avere la febbre, tutta la coscia era diventata calda e pesante, e dormire era sempre più difficile.

46.

La mattina seguente lasciò presto il Keikōkan e, trascinando la gamba dolorante, andò in cerca di una farmacia che fosse aperta a quell'ora. Poiché il farmacista era poco amichevole, Hanio non gli mostrò nemmeno la ferita e si limitò a comprare una pomata e un antibiotico. In un caffè nelle vicinanze si spalmò poi rapidamente la pomata, e questo bastò a farlo sentire meglio, almeno d'umore.

Pensò che nella situazione in cui si trovava, la cosa migliore per sottrarsi ai suoi inseguitori fosse probabilmente stabilirsi in un albergo di lusso. Decise di comprare da qualche parte un abito e una borsa da viaggio della migliore qualità. Ma per far questo doveva prima aspettare che aprissero le banche.

Mancava poco a mezzogiorno quando prese possesso della sua stanza al K. Hotel.

Dalla finestra si godeva una bella vista, e il letto matrimoniale era soffice. Si stese con l'intenzione di recuperare il sonno dopo la notte passata in bianco. Aveva la sensazione che il dolore alla gamba fosse un po' diminuito, ma ora che si trovava in un ambiente luminoso voleva spalmarsi di nuovo la pomata, e ne approfittò per controllare la gamba alla luce della finestra.

Era una bella giornata di maggio. Le nuvole erano placidamente sparse nel cielo sopra l'autostrada, dove un fiume di automobili, che dall'alto sembravano piccole come modellini, scorreva silenzioso. Tutto gli appariva oggettivo e nitido. Cominciò a pensare che quella sensazione di essere inseguito fosse una sciocca fantasia provocata dall'influenza di Reiko. In quel momento si risvegliò in lui un ricordo che poi non volle più andarsene.

"Reiko ha detto di aver visto la mia faccia in una foto. Da dove è spuntata questa foto, e per quali vie è circolata?"

Ma arrovellarsi per un problema senza soluzione era una prova del suo attaccamento alla vita. Se non avesse provato questo attaccamento, il seme dell'ansia non avrebbe attecchito in lui. Rifiutare di morire abdicando alla propria volontà e attaccarsi alla vita erano due cose ben diverse.

Nella luce e nel silenzio di quella stanza, Hanio esaminò attentamente la sua coscia nuda. Deterse la pelle dalla pomata che aveva spalmato prima, e osservò bene il punto in cui si era conficcato il residuo della scheggia.

Per essere una scheggia, aveva una forma stranamente regolare. Anche il colore nero non era quello di una spina né di una scheggia di legno. Sembrava piuttosto un pezzetto di fil di ferro, e rispetto alla sera prima appariva più consistente e con una forma più affusolata. Inoltre si era conficcato davvero in profondità. Non ci sarebbe stato da stupirsi se si fosse sviluppata un'infezione.

Provò in tutti i modi a ricordarsi, ma proprio non arrivava a capire come gli fosse successo. Per allontanarsi da quel rumore di passi che lo incalzava si era accostato a un bidone della spazzatura. Possibile che in quel momento si fosse ferito con un chiodo? No, era sicuro che la scheggia lo avesse colpito mentre camminava. Però era veramente strano che una scheggia potesse entrare nella carne così di punto in bianco. A furia di spremersi le meningi, gli sembrò di ricordare che nel momento in cui aveva avvertito quella puntura aveva sentito una specie di sibilo, come di una piuma che tagliasse l'aria. O forse era soltanto immaginazione.

A quel punto Hanio scoppiò da solo in una gran risata. Tutto questo suo arrovellarsi era una prova del fatto che ormai era dominato dall'angoscia. Proprio lui che si era lasciato succhiare il sangue ogni giorno dalla vampira senza il minimo turbamento!

A pensarci bene, aveva dimenticato per tanto tempo la sensazione di angoscia che comportava il fatto di essere in vita. E non era forse questo un segno che, senza rendersene bene conto, aveva ricominciato a vivere?

"Se la ferita peggiora, andrò a farmi vedere da un medico. Senza stare tanto a pensarci," si disse.

Si mise di nuovo la pomata, prese un altro antibiotico e scivolò in un sonno piacevole.

Quando si svegliò, intorno a lui tutto era buio. Aveva fame, quindi si preparò a scendere al ristorante dell'albergo, ma il pensiero che altri potessero vederlo lo fece desistere. Era consapevole di avere paura di qualcosa, ma temeva anche, mostrandosi in pubblico e scoprendosi preoccupato degli sguardi degli altri, di alimentare quella paura. Avrebbe mangiato in camera, non per paura ma solo perché così aveva deciso. Anche per non doversi curare di nessun altro. E di soldi ne aveva più che abbastanza.

Ordinò che gli servissero in camera un filetto di manzo alla griglia, un'insalata Waldorf e una bottiglietta di vino. Quando il cameriere entrò spingendo rumorosamente il carrello, Hanio non poté fare a meno di lanciargli uno sguardo indagatore.

Era un giovane alto, dall'aria presuntuosa, che doveva essersi schiacciato i brufoli con molto impegno, ma niente di questo provava che non fosse legato a qualche organizzazione. Tutti gli esseri umani appartengono a qualche organizzazione e tramano per uccidere altri esseri che sono in totale solitudine.

Dopo avere gustato il buon cibo e l'ottimo vino, Hanio guardò a lungo la televisione, ma il tempo passava e lui non riusciva a prendere sonno. Adesso si pentiva di avere dormito al pomeriggio. Dopo che i programmi finirono, restò a fissare lo schermo grigio, brulicante di puntini luminosi, quando a un tratto gli apparve un viso, forse Ruriko, o Reiko, o la vampira, ed ebbe la sensazione che volesse parlargli, ma davanti a lui c'era, come prima, solo un tratto di deserto, con infiniti granelli luminosi di sabbia.

Intorno alle due del mattino, finalmente fece uno sbadiglio.

Incoraggiato da quello sbadiglio decise di mettersi a letto ma, mentre si dirigeva verso il bagno, sentì bussare furtivamente alla porta.

Per un attimo pensò che fosse un cliente, ma era impossibile che qualcuno intenzionato a comprare la sua vita venisse a cercarlo lì. L'annuncio lo aveva già ritirato da tempo, e poi nessuno poteva sapere dove si trovava, essendo lui in quell'albergo sotto falso nome.

Allora, chi poteva essere?

Sentì di nuovo bussare alla porta, questa volta più forte.

Hanio, senza più esitare, aprì di scatto la porta.

Davanti a lui in corridoio c'era un uomo in impermeabile e con un cappello floscio.

"Chi è?" chiese Hanio.

"Il signor Tanaka?" chiese a sua volta l'uomo, con voce profonda e torbida.

"No, non sono io."

"Ah, allora mi scusi," disse quello, ma nel tono monocorde della sua voce non si percepiva il minimo accenno di scuse.

Senza aggiungere altro, l'uomo si girò e si allontanò lungo il corridoio. Hanio lo seguì con lo sguardo e chiuse la porta, sentendo il battito del cuore accelerare.

"Nel modo in cui ha chiesto e poi se ne è andato, c'era qualcosa di strano. Alla fine, mi hanno trovato. Domani devo cambiare albergo," pensò Hanio, mettendo la catena alla porta.

Si preparò per andare a letto, ma adesso ogni speranza di dormire era perduta. Il dolore alla gamba gli sembrava diminuito, ma aveva la sensazione che l'uomo si aggirasse ancora intorno alla stanza. Anche se quando aveva messo in vendita la sua vita non aveva timore di niente, adesso, come se dormisse stringendo un gatto tra le braccia, la paura, con la sua tiepida pelliccia, gli stava attaccata al petto, e le unghie gli premevano con forza la carne.

47.

La mattina dopo, sul presto, Hanio lasciò l'albergo con il suo borsone semivuoto e prese una stanza in un altro grande albergo, nella speranza di far perdere le sue tracce.

Poiché non aveva voglia di andare in giro per la città, passò la giornata nell'ozio, guardando la televisione. A causa dello scarso esercizio, non aveva nemmeno appetito.

Man mano che calava la notte e nell'albergo scendeva il silenzio, in Hanio cresceva l'angoscia. Avrebbe voluto fuggire, ma era sicuro che, per quanto lontano potesse andare, quel misterioso rumore di passi lo avrebbe perseguitato.

Anche la sensazione di attesa era qualcosa che Hanio non aveva provato per tanto tempo. Nelle fasi in cui aspettava i clienti che venivano a comprare la sua vita, si sentiva libero da ogni preoccupazione, dato che alla vita, e al tempo, aveva già rinunciato. Ma adesso la sensazione di aspettare qualcosa di ignoto, simile all'attesa di un'amante, per la prima volta gli faceva percepire il futuro come qualcosa di pesante e solido.

Le due del mattino. Aprì leggermente la porta e verificò che non ci fosse nessuno. Il corridoio sembrava quello che in un ospedale conduce alla camera mortuaria. Spiccava solo la luminosità sfocata di una sedia di pelle rossa davanti all'ascensore sotto la luce di una lampada.

Alle due e mezzo del mattino finalmente bussarono alla porta. Hanio non si mosse, e bussarono di nuovo. Dopo avere esitato abbastanza a lungo, aprì.

L'uomo che si trovò davanti, tozzo e con un abito a righe, non era lo stesso della sera prima.

"Chi è?"

"È il signor Ueno?"

"No, non sono Ueno."

"Chiedo scusa," disse l'uomo, quindi si inchinò cortesemente e si avviò lentamente verso l'ascensore.

Hanio, messa la catena alla porta, tornò a letto con il cuore che gli batteva forte.

Sentì una leggera trafittura alla coscia, e in quel momento fu colpito da un'improvvisa intuizione.

"Ecco! Accidenti, perché non ci avevo pensato?"

Alla luce della lampada controllò la ferita, la ripulì in fretta dalla pomata, la tastò con le dita e, inarcando al massimo la schiena, vi si accostò con l'orecchio. Quel residuo nero di scheggia emetteva una vibrazione appena percettibile. Gli avevano conficcato nella coscia un sofisticato trasmettitore in miniatura. Con quello, dovunque fosse fuggito, lo avrebbero rintracciato.

Tentò frettolosamente di estrarlo con le unghie, ma era penetrato troppo a fondo nella carne per tirarlo fuori. Poi a poco a poco si calmò e cominciò a ragionare.

"È inutile che tenti adesso di tirarlo fuori a tutti i costi. Tanto grazie al segnale sapevano già che ero qui, e il nemico è venuto solo a controllare. Domattina, prima di lasciare questo albergo, me lo toglierò e farò perdere le mie tracce. Dopo che l'avrò estratto dovrò andare da un medico. Mi sembra più sensato togliermelo da solo e poi andare da un dottore a farmi medicare. Se andassi da qualcuno a chiedergli di toglierlo, susciterei dei sospetti."

Presa questa decisione, poté dormire tranquillo e la mattina dopo, quando si fece portare la colazione in camera, pur non avendone voglia, ordinò una bistecca, perché il coltello normale non tagliava abbastanza. Munito di un coltello da carne ben affilato, passò un fiammifero sulla lama e lo affondò nella coscia. Facendo leva con la punta, un sottile frammento di metallo schizzò fuori, insieme a un getto di sangue.

48.

Il medico, guardando la ferita di Hanio, aggrottò la fronte. Era un giovane chirurgo, arrogante e pieno di sé.
"Ma che razza di ferita è questa?" disse. "Sembra procurata incidendo a fondo una lama. Se gliel'hanno fatta durante una rissa, devo segnalarlo alla polizia."
"È vero, è un'incisione profonda, ma sono stato io a farmela."
"E per quale ragione?"
"Mi è entrato un chiodo arrugginito e ho avuto paura che potesse venirmi il tetano."
"I dilettanti si fanno da soli le diagnosi e sbagliano."
Il medico non indagò oltre. Preparò i punti di sutura e gli iniettò un anestetico locale. La puntura fu molto dolorosa, ma solo pensare che loro non avevano modo di localizzare la piccola clinica in cui lui si trovava gli dava un indicibile sollievo. Le pareti bianche, i bisturi allineati sullo scaffale, la bacinella di metallo con il liquido disinfettante: nessuna di queste cose gli era familiare, eppure niente poteva dargli una pace profonda come il fatto che nessuno sapesse dov'era.
Hanio chiuse gli occhi. Non provava più dolore, ma aveva una strana sensazione, come se avesse dei pantaloni di pelle e glieli stessero ricucendo all'altezza della ferita.
Lasciò la clinica con l'impegno di tornare dopo una set-

timana per togliere i punti, ma sapeva già che non sarebbe tornato nello stesso posto. Per un lavoro del genere, poteva presentarsi in qualunque clinica, sicuro che glielo avrebbero fatto senza problema.

Sotto i raggi luminosi del sole, Hanio, come si era abituato a fare di recente, da quando temeva di essere seguito, camminava tenendosi accostato ai muri, e guardandosi intorno con particolare attenzione quando svoltava un angolo.

E adesso, dove poteva andare?

L'ideale era abbandonare Tōkyō. Il motivo, era ormai inutile mentire a sé stesso, era chiaramente la paura di morire.

49.

Non c'è cosa che protegga di più una persona dell'ignorare lei stessa dove sta andando.

Hanio giunse a Ikebukuro trascinandosi la gamba che non era più sotto l'effetto dell'anestesia, e lì fece un giro per i grandi magazzini S, guardando i vari reparti. Non era ancora iniziata la stagione delle piogge, eppure tutte le merci – abiti estivi da uomo, camicie, ma anche frigoriferi, tendine di bambù, ventagli, climatizzatori – pronte per l'estate che doveva arrivare, decretavano la fine della primavera. Quella miriade di prodotti evocava l'immagine delle piccole case, delle piccole famiglie a cui erano destinati. A questo pensiero, Hanio si sentì soffocare. Perché la gente desiderava tanto vivere? Non era innaturale che le persone, senza essere esposte al pericolo della morte, avessero questa brama di vita? Solo nel caso di persone come lui, il desiderio di vivere aveva un senso.

Salì su un treno della linea Seibu senza una meta precisa, e si mise a guardare assorto il paesaggio di periferia dal finestrino. Aveva l'inquietante sensazione che tutti nel vagone sapessero chi era, ma facessero finta di non conoscerlo. Uno studente universitario con il braccio alzato per reggersi alla maniglia, che aveva l'aria di un militante dello Zengakuren, la ragazza accanto a lui, classica bellezza giapponese, nell'uniforme studentesca, un uomo di mezza età dalla corporatura quadrata, forse un ex sottufficiale dell'esercito... tutti gli lanciavano rapide occhiate, simili a quelle di chi guarda, davanti a una stazione di polizia, la foto segnaletica di un uomo ricercato per omicidio.

"È lui, sicuro. Adesso faccio finta di niente, ma alla prossima fermata scendo e avviso il personale della stazione."

Sembrava che nella faccia di Hanio avessero in qualche modo riconosciuto l'ombra di un nemico della vita sociale.

L'aria tiepida del mese di maggio, mischiandosi all'odore dei corpi delle persone nel vagone, fece sentire a Hanio dopo tanto tempo l'insopportabile olezzo della cosiddetta "vita sociale". Lui desiderava vivere, non c'era più dubbio. Tuttavia, una volta che una persona si è allontanata da quella società, avrà ancora il coraggio necessario per riprendere posto in quell'atmosfera maleodorante? La società poteva essere gestita senza difficoltà perché nessuno si accorgeva del proprio odore. L'odore dei calzini dello studente, tenuti per una settimana senza lavarli. Il sentore dolciastro delle ascelle della studentessa, insieme a un caratteristico, penetrante e malinconico "odore di verginità". L'odore, simile a quello di una canna fumaria incrostata di fuliggine, dell'uomo di mezza età... Con quale mancanza di ritegno le persone emanano i loro odori personali! Hanio presumeva di essere una persona inodore e insapore, ma non poteva averne la certezza.

Poiché aveva comprato il biglietto fino a Hannō, il capolinea, avrebbe potuto scendere a qualsiasi fermata avesse voluto, ma a un tratto gli tornò la preoccupazione di essere pedinato. Gli venne in mente che se all'improvviso a una certa stazione avesse fatto finta di scendere, qualcuno si sarebbe precipitato fuori dal vagone dietro di lui, quindi al momento in cui il treno stava per ripartire si lanciò verso la porta, salvo poi fermarsi bruscamente e restare lì.

Un altro passeggero, un uomo magro e con la barba, dal

viso volpino, si affrettò a scendere dietro Hanio, ma quando questi si bloccò non riuscì e la porta gli si chiuse sotto al naso. Fino alla fermata successiva, l'uomo lo fissò con espressione incollerita. Hanio ne fu infastidito, ma in fondo quella dichiarata ostilità era rassicurante.

Arrivati a Hannō, i passeggeri scesero tutti e subito, allontanandosi in varie direzioni. Sollevato, uscì sulla piazza davanti alla stazione, che era praticamente deserta. Una grande mappa mostrava percorsi per escursioni, ma lui era stanchissimo e non aveva nessuna voglia di camminare.

Di fronte alla stazione c'era un misero *ryokan*. Si presentò all'ingresso, e quando lo videro ben vestito lo fecero subito entrare.

La stanza al primo piano aveva un *tokonoma* con accanto una finestra tonda. Hanio l'aprì e poi passò il resto della giornata a guardare il cielo. Hannō era una città piatta e priva di poesia. Il cielo azzurro scolorì gradualmente e venne il tramonto. E a un tratto Hanio si accorse di un ragno che scendeva dalla grondaia.

Il ragno, sospeso a un filo che rifletteva la luce del tramonto, giunse fino all'altezza degli occhi di Hanio.

Quel piccolo ragno, che sembrava un fiocco di lana nera dai contorni imprecisi, pendeva dal filo come un amo dalla lenza. Hanio non poteva non vederlo. In quel momento il ragno, come volesse esibirsi in un numero da circo, utilizzando la forza del suo corpo, cominciò a far oscillare il filo come un pendolo.

"Che strane cose fa," pensò Hanio distrattamente.

Nel frattempo, l'ampiezza delle oscillazioni era aumentata e pure le dimensioni del ragno ingrandivano a vista d'occhio. Anche la forma era cambiata e adesso ricordava quella di un'ascia affilata. Il filo a sua volta si era trasformato in una spessa corda argentata. L'ascia produceva un suono come se stesse fendendo l'aria, e la sua lama, brillando di una luce biancastra, si lanciò con un balzo verso la faccia di Hanio.

Lui si coprì la faccia e cadde disteso supino sul *tatami*. Quando si riprese, dalla finestra rotonda era scomparsa la sagoma del ragno, e al centro vi era adesso uno spicchio di luna. Forse era quello che gli era apparso come la lama di un'ascia.

"Non mi avranno fatto qualcosa anche alla testa?" pensò, e subito, con un brivido, si ricordò della malattia di Reiko.

50.

Ma poi non accadde più niente. Volendo conoscere il posto in cui aveva preso alloggio, uscì per una passeggiata, ma la città offriva ben poco. Un negozio che vendeva vasche da bagno in legno, uno di dolci a buon mercato e altri ancora che con le loro gronde sporgenti si affacciavano su un'ampia strada, resa uniforme da un esagerato riassetto urbanistico e un susseguirsi ininterrotto di abitazioni anonime, circondate da recinti di pietra. Gli sembrava una città abitata da persone prive di energia vitale, ma questo gli dava una certa tranquillità.

Una sera, passeggiando in una zona particolarmente solitaria della città, mentre camminava verso un passaggio a livello un po' rialzato rispetto alla strada, all'improvviso vide un camion, proveniente dal lato opposto, lanciarsi veloce nella sua direzione.

Nel momento in cui lo avvistò, gli apparve come un gigante minaccioso, che guardò con un certo timoroso rispetto perché, contornato dal cielo polveroso, sembrava il grande elmo di una tribù di barbari.

Mentre superava il passaggio a livello, il camion sobbalzò e, poiché procedeva diritto verso di lui che stava sulla grande strada deserta, Hanio per schivarlo si buttò da una parte. Si sentiva assalito da un incubo. Fuggì sul lato opposto della strada, ma il camion lo seguì anche lì. In quella zona non c'era nemmeno un negozio dove correre in cerca di aiuto, solo una serie di siepi e di povere staccionate di legno che lo guardavano inespressive.

Che tentasse di fuggire a sinistra o a destra, il camion lo seguiva. Sembrava che quella caccia all'uomo lo divertisse. Il parabrezza rifletteva alcune pallide nuvole, come se una porzione di cielo si fosse attaccata al vetro, e lui non poteva vedere il guidatore, né fece in tempo a leggere la targa.

Riuscì a scappare in un vicolo, convinto che mai quell'enorme camion sarebbe potuto entrarvi e invece, moderando la velocità e facendo attenzione, riuscì ad accedervi.

Hanio si trovò schiacciato contro un vecchio cancello, completamente chiuso, con ai lati colonne di pietra. Il camion avanzò lentamente verso di lui, fermandosi a pochi centimetri dal suo naso. Poi, di colpo, inserì la retromarcia e indietreggiò, come un'onda nera di metallo che si ritira, e uscì dal vicolo.

Hanio fu assalito da un fortissimo batticuore, e si accovacciò lì a terra. Non aveva mai provato una paura del genere. Niente di paragonabile all'ineffabile piacere di congedarsi dalla vita che aveva sperimentato quando, passeggiando con la vampira, aveva perso i sensi per l'anemia.

51.

Hanio non aveva nessuna voglia di tornare al *ryokan* a mangiare una pessima cena. Ormai anche Hannō non era più un luogo sicuro.

Dopo essersi accertato che il camion era davvero sparito, Hanio volle tornare al quartiere commerciale, che se non altro era più illuminato. Giunto su quella grande strada polverosa ed eccessivamente ordinata, vide con sorpresa che c'era in giro tanta gente, come se si fosse materializzata lì all'improvviso, e ciò accrebbe la sua inquietudine.

Più che quartiere commerciale, era in effetti uno stradone di periferia con negozi vecchi e squallidi, con le vetrine offuscate dalla polvere. In una di queste faceva bella mostra una gran quantità di scarpe da ginnastica accatastate in modo disordinato. Quelle scarpe, che sembravano appena state tolte ai cadaveri in un campo di concentramento, erano accumulate, strato su strato, con le suole di gomma attaccate alla vetrina, i lacci penzolanti, schiacciate l'una contro l'altra.

Tuttavia nella strada i lampioni erano tutti accesi e la gente si affollava davanti ai negozi illuminati come il fruttivendolo o la pescheria.

Hanio sentì un ronzio familiare, forse di api. Era un suono musicale, caldo, e carico di un'aura nostalgica difficile da descrivere.

Il suono proveniva da un piccolo laboratorio di falegnameria, dalla cui porta semiaperta si intravedevano il colore chiaro della segatura e lo scintillio di una sega elettrica circolare. Sulla porta di legno era scritto "Scatole, scaffali per libri e produzione di oggetti vari in legno su richiesta, con consegna immediata".

Hanio prese nota mentalmente, camminò ancora e dopo poco trovò un orologiaio. Anche quel negozio sembrava antiquato e di scarsa attrattiva sui clienti, quindi Hanio vi entrò con la massima tranquillità.

"Vorrei un orologio," disse alla proprietaria, una donna dal viso pallido e gonfio che si era manifestata al suo ingresso.

"Un orologio, certo. Non vendiamo altro. Che tipo di orologio desidera?"

"Un cronometro, il più rumoroso possibile."

"Hmm, mi faccia vedere se ne abbiamo."

Hanio finì con l'acquistare un cronometro di marca sconosciuta, antiquato, come forse si usavano nelle competizioni sportive dell'era Meiji. Se si premeva sulla corona, la lancetta dei secondi cominciava a scandire il tempo con un suono preciso e incalzante.

Con il cronometro, Hanio andò al laboratorio di falegnameria da cui era passato poco prima.

"Mi scusi, avrei bisogno di una scatola piccola. Si potrebbe fare subito?"

"Sì, sono libero quindi posso fargliela adesso," rispose un uomo magro e attempato dal tipico aspetto dell'artigiano, senza rivolgere lo sguardo a Hanio.

"Vorrei che mi fabbricasse una scatola per questo cronometro. Mi serve con urgenza."

"Questo? Ma se le serve per un regalo, sicuro che vuole una scatola di legno? L'orologiaio ha le scatole per le confezioni regalo."

"No, mi serve una scatola un po' particolare. La faccia in

modo che non si capisca che dentro c'è un orologio, abbastanza voluminosa e di fattura grezza. Deve nascondere tutto, a partire dal quadrante."

"Ma non potrà usarlo come orologio."

"Lei non si preoccupi, e faccia come le ho detto. Ah, un'altra cosa. Deve aprire un foro in modo che esca solo la corona. Il resto dev'essere completamente chiuso, e verniciato esternamente con una lacca nera."

"Non si vedrà niente dell'orologio. Sicuro che vada bene così?"

"Sicuro. Mi importa solo che si senta il suono," spiegò Hanio paziente, senza perdere la calma.

Il cronometro fu fissato dentro una scatola di rara bruttezza, con un foro laterale da cui sporgeva la corona. Infine uno strato di lacca nera, applicato senza tanti complimenti sulla superficie grezza del legno, completò l'opera. Era impossibile capire di che oggetto si trattasse, ma se si premeva la corona, un poderoso tic-tac risuonava attraverso la scatola.

"Molto bene. Con questo finalmente ho un'arma per difendermi," si disse Hanio.

La scatola era un po' voluminosa per entrare nella tasca, ma prese a portarla sempre con sé quando camminava, tenendosela ben stretta, perché lo faceva sentire più tranquillo. Bastava che premesse la corona e il cronometro cominciava a scandire i secondi con quel poderoso ticchettio.

"Se anche con tutte queste precauzioni, e nascosto in questa noiosa città di provincia sono riusciti a trovarmi, sarebbe la stessa cosa in qualsiasi altro posto," pensò Hanio, e si convinse a restare lì.

La sensazione di paura non si acquietò, ma i giorni trascorsero senza incidenti.

Ogni mattina al risveglio si sorprendeva di essere ancora vivo. Non si presentarono altre allucinazioni come quella del ragno, e ciò lo tranquillizzò.

Davanti alla stazione si vedevano spesso passare degli escursionisti, ma era raro che ve ne fossero di stranieri.

Un giorno che era andato fino alla stazione a comprare delle sigarette, un signore straniero di mezza età, dai capelli bianchi e di aspetto distinto, che indossava un cappello alla tirolese verde e dei pantaloni alla zuava a scacchi, gli chiese la strada, levandosi educatamente il cappello.

"Mi scusi, potrebbe indicarmi la strada per il monte Karan?"

"Il monte Karan? Allora, deve passare davanti alla Camera di commercio, lì girare a destra, alla stazione di polizia girare a sinistra, e poi, quando arriverà all'auditorium, si troverà il monte alle spalle."

Hanio aveva risposto come un abitante del luogo.

"Grazie, ma potrei chiederle la cortesia di accompagnarmi almeno fino a dove posso poi procedere da solo? Non ho nessun senso dell'orientamento. Le sarei veramente grato."

Hanio, non avendo niente da fare, decise di accettare la richiesta di quel signore dai modi piacevoli e di accompagnarlo.

L'uomo, guardando il cielo, commentò:

"Che bel giornale!".

"Voleva dire 'che bella giornata', credo."

Hanio, preso da simpatia per quell'uomo, si premurò persino di correggerlo.

A lato della Camera di commercio erano parcheggiate all'ombra due, tre automobili. Una di queste era una bellissima auto straniera, nera, perfettamente lucidata.

"Bella macchina, vero?" disse il signore, toccandola come per carezzarla, mentre vi passava accanto, poi si fermò e con la massima naturalezza aprì una portiera. Hanio fu colto di sorpresa.

"Salga," disse l'uomo, a voce bassa ma con un tono severo che non ammetteva repliche.

In mano stringeva una pistola.

52.

L'automobile partì con dentro Hanio, a cui avevano legato le mani e messo un paio di occhiali da sole sul naso. Erano occhiali dal design sofisticato, con due piccole lenti triangolari anche sui lati, in modo da proteggere dalla luce anche se si guardava di sbieco. In realtà però Hanio non aveva modo di vedere nulla. Sebbene dall'esterno i suoi sembrassero occhiali da sole, internamente le lenti erano rivestite di mercurio. Era come se Hanio fosse bendato. Certamente per impedirgli di capire dove erano diretti.

A guidare era il signore inglese dal cappello verde. Ma dentro la vettura non c'erano solo lui e Hanio. Nel momento in cui era stato spinto sul sedile posteriore, un uomo si era alzato e con gesto fulmineo gli aveva infilato gli occhiali e si era seduto accanto a lui, puntandogli una pistola nel fianco. Hanio non aveva avuto nemmeno il tempo di distinguerne il viso.

Mentre l'auto procedeva, nessuno dei tre parlava. Hanio si chiedeva dove l'avrebbero ucciso. Ma non riusciva a ragionare seriamente a causa dell'allegra musica jazz trasmessa dall'autoradio.

Hanio sapeva che pubblicando l'annuncio "Vita in vendita" si era scelto il destino di finire ucciso in chissà quale modo assurdo, quindi perché opporsi? Questo suo unico pensiero, temerario e sfrontato, gli bruciava nel petto con la forza di un acido, accompagnato dalla sorpresa di accorgersi che la paura di morire che aveva provato mentre tentava di fuggire gli era passata.

Ma cosa era stata, quella paura? Per tutto il tempo in cui si era sentito perseguitato dalla morte, quella paura, per quanto tentasse di distogliere gli occhi, gli appariva all'orizzonte come un nero fumaiolo, enorme e sinistro. Ora però il nero fumaiolo era scomparso.

Dopo che in un ospedale di Hannō gli avevano levato i punti della ferita, anche quando il dolore era ormai sparito, nella zona della coscia persisteva il ricordo della paura. Ciò che più terrorizza gli uomini sono le situazioni incerte. Una volta che qualcosa è avvenuto, di colpo la paura comincia a dissolversi.

La mano dell'uomo accanto a Hanio ogni tanto toccava nervosamente le sue, probabilmente per accertarsi che fosse ben legato, e da quel contatto Hanio capiva che quella mano era molto pelosa. Da questo, e dall'odore che emanava l'uomo, passando attraverso i suoi vestiti – un odore che sapeva di gas ed erba cipollina, dolce e persistente – era chiaro che si trattava di un occidentale.

Dapprima Hanio tentò di stare attento a quante volte l'auto svoltava a sinistra, a quando passava sulla strada asfaltata, al numero di passaggi a livello attraversati, ma dopo un po' si rese conto che era uno sforzo inutile. Se si fosse trattato di un percorso breve, forse avrebbe potuto farsi un'idea, ma il viaggio continuava ormai da più di due ore, e siccome la maggior parte delle strade era asfaltata, il piano non sembrava essere quello di portarlo in una zona remota tra le montagne e di gettarne nel fondo di una valle il cadavere dopo avergli sparato. Anzi, aveva l'impressione che fossero diretti a Tōkyō.

A un certo punto l'auto entrò in una strada dissestata e cominciò a ondeggiare terribilmente, poi la strada si trasformò in una salita piuttosto ripida. Si era alzato il vento, e Hanio capì che stava calando il buio.

Quando finalmente l'auto si fermò, intuì che ci sarebbe voluto del tempo prima che lo ammazzassero, e questo gli mise una certa ansia. Lo fecero scendere e lo condussero lungo un sentiero di ghiaia fino a un edificio di stile occidentale. Questo lo capì, una volta dentro, dalla sensazione del tappeto sotto i suoi piedi.

53.

Hanio si trovava ora in una stanza sotterranea. Era vuota, a parte alcune sedie e un tavolo modesto. Il pavimento di cemento era gelido. Lo fecero sedere su una di quelle sedie, le mani ancora legate davanti a sé, e gli tolsero gli occhiali scuri. Nella stanza c'erano sei uomini, compresi i due che erano in auto con lui. Gli altri quattro li aveva già visti. Tre erano gli stranieri presenti all'esperimento con il farmaco ricavato dal coleottero. Questa volta Henry non aveva con sé il suo bassotto. Il quarto uomo era un personaggio che mai avrebbe potuto dimenticare, l'asiatico di mezza età col basco, amante di Ruriko. Era esattamente come lo ricordava, perfino l'album per schizzi che portava con sé era uguale.

L'uomo, con quella sua aria buffa, gli offrì una sigaretta, gliela accese gentilmente e si sedette accanto a lui. Quanto agli altri cinque, qualcuno sedette, qualcuno rimase in piedi, ma nessuno staccava un attimo gli occhi da Hanio, e i due che avevano fatto il viaggio in auto con lui lo tenevano sotto il tiro della pistola, pronti a fare fuoco.

"Forza, cominciamo l'interrogatorio," disse l'asiatico, con una voce strascicata ma stranamente calda, che rimbombò con forza nella stanza. "Come prima cosa devi confessare che sei della polizia."

Un'accusa del genere era l'ultima cosa che si sarebbe aspettato. Hanio non credeva alle sue orecchie.

"E perché mai dovrei essere della polizia?"

"Sì, prova pure a fare il furbo. Vedrai che presto sarai tu a volercelo confessare.

Allora, vediamo. Intanto se vuoi sapere perché invece di farti fuori ti abbiamo lasciato libertà di movimento, te lo spiegherò subito, così risparmiamo tempo. A me piacciono i metodi persuasivi e pacifici. Uccidere è sempre un lavoro che lascio agli altri.

Quando ho visto la prima volta il tuo annuncio 'Vita in vendita' ho pensato subito che la cosa puzzava, e ti ho mandato quel vecchio, che è uno dei miei. Ora te lo faccio incontrare. Anche lui voleva vederti. Avanti, vieni!"

L'asiatico batté le mani e quel suono riecheggiò come un applauso scrosciante.

Da una porta sul lato opposto a quello da cui avevano condotto Hanio, apparve il vecchio. Questi lo salutò con un cenno degli occhi e un battito di ciglia, accompagnati dal sibilo della dentiera, inconfondibile anche da lontano.

"Mi dispiace," disse rivolto a Hanio.

L'asiatico, irritato, replicò:

"Evitiamo commenti fuori luogo. Invece io sono ben contento di poter ritrarre il nostro signor Hanio mentre muore. È per questo che ho portato il mio album. Anzi, siccome vorrei ritrarti in varie pose, ti chiederei, morendo, di assumere diverse posizioni contorcendoti per il dolore.

Che ne dici, sono stato chiaro?

La ragione per cui quell'annuncio ci ha colpito è che sapevamo che la polizia stava svolgendo delle indagini segrete su di noi. Però non riuscivano a trovare niente. È naturale che abbiano pensato, mettendo quell'annuncio e usando un agente pronto anche a morire come te, di poter scoprire i nostri segreti. Perciò abbiamo prestato attenzione a quell'annuncio. Poi ti abbiamo fatto incontrare Ruriko. Lei ormai sapeva anche troppo dell'organizzazione. Se non fossimo intervenuti, chissà quante cose avrebbe raccontato dell'ACS. Perciò avevamo già programmato di eliminarla. Ma prima di farlo, l'abbiamo fatta incontrare con te. Poi l'abbiamo uccisa. Perché eravamo sicuri che tu avresti subito preso contatto con la polizia.

Ma tu sei stato veramente abile! Incredibilmente abile! E hai agito con una prudenza ammirevole. Pensavamo, lasciandoti uscire vivo dall'appartamento di Ruriko, di poter capire come raccoglievi le informazioni e come le trasmettevi. Ovviamente, avevamo fatto una foto della tua faccia di nascosto.

E anche questo album per schizzi è una macchina fotografica. Guarda".

Così dicendo, l'asiatico mostrò a Hanio la copertina dell'album, su cui era scritto SKETCHBOOK. La resa grafica, con le O che formavano gli occhi, era ingegnosa: una O raffigurava un occhio aperto, l'altra faceva l'occhiolino. In quello aperto era inserita una lente, il che spiegava perché la copertina fosse molto spessa.

"Tu però ti sei comportato come se niente fosse e non hai preso contatto con la polizia.

Quando hai cenato con il topo di peluche, la cosa ci è sembrata sospetta, ma dopo, quando abbiamo controllato, nel pupazzo non c'era nessun ricetrasmettitore. Sei stato eccezionalmente bravo a non tradirti. Mi hai veramente sorpreso.

Per questo abbiamo deciso di usare un'altra donna, anche lei dell'organizzazione. Pensavamo, attraverso lei, di tenderti una trappola e farti confessare, ma quella vecchia zitella si è innamorata di te, e ha voluto morire al tuo posto.

Liberarsi di un cadavere è una gran seccatura, ma se si tratta di suicidio è più facile. Ci siamo consultati con il qui presente signor Henry e soci, e abbiamo deciso di lasciarti fuggire e concederti ancora un po' di libertà.

Prima o poi ti avremmo dovuto uccidere, ma usandoti come esca avremmo potuto mettere le mani su altre spie della polizia. Ma sei talmente furbo che non ti sei mai tradito.

Poi ti sei messo con una vampira. A quel punto ci è venuto il dubbio che tu fossi semplicemente uno fuori di testa con la voglia di morire, e di esserci fatti su di te solo fantasie. Pensavamo di aver preso un abbaglio e non vedevamo l'ora che la vampira ti succhiasse tutto il sangue e morissi. Sarebbe stata la conclusione ideale.

Ma non è andata così. Anche se potevi lasciarci la pelle, pure questo era un trucco. Come spia sei un vero fuoriclasse.

Sappiamo bene anche quello che hai fatto dopo. Hai simulato un'anemia cerebrale, ti sei fatto ricoverare, e mentre eri in ospedale, quando la nostra sorveglianza si è allentata, ti sei dedicato al tuo vero lavoro."

"Ma no, quello..." disse Hanio, tentando di replicare.

"Inutile che inventi scuse. L'ACS è in stretto contatto con il Paese B. Il Paese B, dopo l'affare del criptogramma della carota, ti ha iscritto ufficialmente nella lista degli agenti segreti della polizia giapponese.

Hai commesso un grosso errore a fare il tuo vero lavoro lì dentro. Ormai sappiamo tutti chi sei veramente. Ti sei tradito. Imbecille."

Sorridendo amabilmente, l'asiatico spinse una matita dalla punta affilata contro la gola di Hanio.

"Da quel momento abbiamo deciso: la cosa da fare per indagare anche sulle attività dei tuoi colleghi era acchiapparti il prima possibile, farti sputare il rospo e infine toglierti di mezzo.

Ma siccome quando eravamo tranquilli e abbiamo abbassato la guardia ci sei sfuggito, questo ci ha reso un po' nervosi. Molto nervosi. Lasciare le cose così sarebbe stato per noi un grosso rischio. Ne eravamo convinti.

Però avevamo la tua foto, gelosamente custodita, e ne abbiamo fatte stampare molte copie. Eravamo certi che non avresti potuto fare a meno di tornare a frequentare Shinjuku, dove ti sentivi a casa. Abbiamo dato la tua foto a uno spacciatore di LSD che fa parte dei gradi bassi dell'organizzazione, con l'incarico di farla vedere in giro e raccogliere informazioni.

L'abbiamo mandato in giro a chiedere alle ragazze che girano di notte a Shinjuku se conoscevano questo strano tipo della foto che aveva messo l'annuncio 'Vita in vendita'. Nessuna però sapeva niente. Tu ti sei portato a letto un sacco di donne ma sei stato molto prudente: l'appartamento lo avevi lasciato e nessuna conosceva il tuo nuovo indirizzo.

In una metropoli di dieci milioni di abitanti come Tōkyō, non speravamo più di trovarti.

Non sapevamo proprio come acchiappare questo uomo che conosceva i segreti dell'ACS e che si era nascosto nella città come un pidocchio.

Però, caro Hanio, gli dèi esistono. E non ci abbandonano.

Gli dèi amano gli uomini che creano organizzazioni segrete e si spendono in vari modi per aiutarci.

Poiché l'ACS deriva dalla società segreta cinese della Banda Rossa, il suo dio ci aiuta ancora adesso. È Honjun Laozu. Lo conosci?

Al tempo della rivolta dei Taiping, nell'esercito di Zeng Guofan, che andò a Huaiyang per sottomettere le truppe dei ribelli, c'era un uomo di nome Lin. Costui non era esperto nell'arte della guerra. Nonostante guidasse un esercito composto da migliaia di soldati, perdeva una battaglia dopo l'altra, e questo suscitò le ire di Zeng Guofan, che lo condannò alla decapitazione.

Lin, sconvolto, fuggì insieme a diciotto dei suoi uomini,

correndo più veloce che poteva. Correva e correva senza fermarsi. Poi, la notte, trovò un antico mausoleo e si fermarono lì a dormire. Ma a un certo punto sentirono un gran chiasso, come di una folla che avanzava verso di loro. Aspettandosi il peggio, presero le armi e si prepararono a combattere. Ma gli uomini lì fuori non erano i loro inseguitori, bensì gli abitanti del villaggio vicino, i quali così parlarono:

'Poco fa, nel nostro villaggio abbiamo udito all'improvviso un gran rumore, ma quando siamo usciti abbiamo visto un grande drago di fuoco strisciare nel cielo. La sua luce rossa ha illuminato la notte come fosse giorno e in quel momento lo abbiamo visto cadere in questo mausoleo. Ci è parso il segno che qui dentro vi fossero persone straordinarie, e così siamo venuti a vedere'.

Lin si tranquillizzò, chiese dove si trovavano e così scoprì, con suo massimo stupore, che erano giunti in un remoto villaggio, lontano sei o settecento *li* dal loro accampamento. In poche ore avevano percorso una distanza enorme.

Se ciò era avvenuto, doveva essere per l'intervento di un dio. Lin guardò la scritta posta all'ingresso del mausoleo e lesse: Mausoleo di Honjun.

Ne dedusse che a salvarli era stato Honjun Laozu, così il giorno dopo lui e i suoi uomini si procurarono incenso, candele, carta, seta, le carni di tre animali, vino, e offrirono tutto al dio.

Da quel giorno divennero briganti buoni, che assalivano i ricchi, li derubavano e donavano i loro beni ai poveri. Fu così che nacque la Banda Rossa.

Ho un po' divagato, ma era per dire che anch'io ho pregato questo dio.

Ed è così che il vecchio per pura fatalità ti ha incontrato in un parco.

La fortuna ormai era con noi. Abbiamo cominciato a pedinarti."

"Sì, è andata proprio così," intervenne il vecchio, che era vestito come sempre in modo impeccabile. Si inchinò cortesemente, quindi guardò Hanio come se fosse dispiaciuto per lui.

"Prendo atto di quanto mi ha detto e capisco i vostri ragionamenti," disse Hanio. "Peccato però che io con la polizia non c'entri proprio niente. Voi avete questa idea preconcetta che tutti debbano appartenere a qualche organizzazione, che sia la Banda Rossa o qualche altra cosa. È una specie di superstizione da cui dovete liberarvi. Al mondo esistono anche persone libere che non appartengono a nessuna organizzazione. Persone che vivono libere, e possono anche morire libere."

"Mah, dica pure quello che vuole, finché può parlare. Anzi, noto con piacere che le spie della polizia giapponese sanno ragionare bene. Mi sono reso conto di quanto è progredita la formazione della polizia.

Ma non ho ancora finito.

Quando si è tolto il transistor dalla coscia, è riuscito di nuovo a sfuggirci e a metterci in difficoltà.

Lei è uno specialista della fuga. Dice che vuole vendere la sua vita, ma non ho mai visto qualcuno difenderla così tenacemente. Ma anche questo avrà fine stanotte.

Vuole sapere come l'abbiamo trovata a Hannō?

Tra le varie cose noi gestiamo anche un'agenzia di viaggi che raccoglie informazioni dai *ryokan* di tutto il Giappone. Mandiamo i nostri clienti ai *ryokan*, e in cambio otteniamo informazioni su tutta la loro clientela. La nostra agenzia si distingue per gentilezza, efficienza, gode di ottima reputazione e tutti i *ryokan* sono soddisfatti dei nostri servizi. In cambio, se un cliente sospetto alloggia a lungo in uno dei loro alberghi, ne siamo rapidamente informati.

Noi li abbiamo esaminati attentamente a uno a uno. In particolare, abbiamo verificato la presenza di clienti singoli della sua età che avessero soggiornato piuttosto a lungo.

Poi abbiamo cominciato a stringere il cerchio e a quel punto ci siamo convinti che l'uomo alloggiato davanti alla stazione di Hannō fosse lei, e abbiamo indovinato. Anche in questo abbiamo avuto fortuna. Per il fatto di catturare una spia del suo calibro, farla confessare e ucciderla, i nostri uomini riceveranno una ricompensa dall'organizzazione. Perciò tutti si sono impegnati al massimo. Gli stranieri che vede qui, poi, hanno una passione per il denaro. Ma veniamo adesso alle domande. Vogliamo sapere da lei quanti sono gli agenti che come lei indagano sull'ACS. Dove sono, quali attività svolgono e come avvengono i contatti con loro."

Hanio si ricordò della scatola che aveva in tasca e guardò il vecchio, attaccandosi alla sua espressione dispiaciuta come all'ultima speranza.

54.

"E va bene," disse tra sé Hanio, annuendo. "E così adesso volete torturarmi."
"Esattamente. Poi con tutta calma le farò un bel ritratto, che un giorno metterò assieme a quello di lei con Ruriko, che mi piacerebbe esporre in una piccola mostra riservata ai colleghi. Sarà una mostra puramente artistica, in un'atmosfera piacevole. Cosa c'è di più naturale di persone che nascono, si amano e muoiono?"
"E se mi suicidassi prima che cominciate la vostra tortura?"
"Vuole tagliarsi la lingua a morsi?"
"No, lo farei portandovi tutti con me."
Hanio infilò le mani, legate com'erano, nella tasca della giacca, afferrò la scatola nera e premette la corona del cronometro. Il ticchettio risuonò chiaro nella stanza.
"Lo sentite, no? Il rumore dell'orologio."
"Che cos'è?"
Gli stranieri, che avevano udito perfettamente, si alzarono in piedi.
"Non provate a spararmi. Se lo fate, in quello stesso istante schiaccerò il bottone e salteremo tutti in aria. Finirete in mille pezzettini insieme a me."
"Non ci tiene alla vita?"
"Si è dimenticato che io sono quello che ha messo l'an-

nuncio 'Vita in vendita'. Non mi confonda con le spie codarde che conosce lei.
La bomba a orologeria è programmata per esplodere tra otto minuti, ma mi basta premere e può esplodere in qualsiasi momento, anche subito. Questa stanza sparirà in un attimo."
Tutti cominciarono lentamente a indietreggiare.
"Volete vedere?" disse Hanio, tirando fuori quella scatola nera dall'aspetto sinistro e mostrandola. Stava giocando il tutto per tutto. La scatola continuava a emettere il suo inesorabile ticchettio.
"Aspetti! Possibile che voglia buttare via così la sua vita?"
"Ma cosa sta dicendo? Sarò torturato e poi ucciso. Che cosa ho da perdere?"
"No, no, aspetti. Ci sarebbe un modo di salvarle la vita."
"Che cosa? Si sbrighi a dirlo. Mancano solo sette minuti."
"Può diventare uno dei nostri. Riguardo al compenso, mi consulterò con gli altri, ma farò in modo di proporle una cifra consistente. Lei dovrà solo mantenere il segreto, e in cambio avrà tutto quello che vuole: posizione, lusso, donne, caro Hanio."
"Ma che caro Hanio! Come si permette tutta questa confidenza?
Non ho nessuna intenzione di entrare nella vostra sporca organizzazione. Dato che non ho nessun senso etico, non vi biasimo per quello che combinate. Se ammazzate la gente, trafficate con l'oro, la droga e le armi, non sono affari miei. Mi piacerebbe solo sradicare dalle vostre teste questa fissazione che chiunque appartenga a un'organizzazione. Ci sono un sacco di persone che non sono così. Questo dovreste ammetterlo persino voi. Quello che dovete fare è uno sforzo per capire che ci sono anche uomini che oltre a non appartenere a nessuna organizzazione non sono per niente attaccati alla vita. Saranno pochi, non c'è dubbio. Ma anche se ce ne sono pochi, esistono.

Io non ci tengo affatto alla vita. Per me è una merce e come tale l'ho messa in vendita. Comunque venga usata, per me va bene. Ma l'idea di essere ucciso contro la mia volontà mi fa scoppiare di rabbia, ed è per questo che preferisco uccidermi. Portandomi dietro, beninteso, tutti voi. Mancano cinque minuti."

"Aspetti! Allora la sua vita la compro io."

"E se le dico che non voglio vendergliela?" disse Hanio, guardando la faccia del vecchio e sollevando un po' la scatola nera.

L'uomo, come Hanio aveva previsto, ebbe una reazione rapidissima. Corse verso la porta, la aprì spingendo e gridò:

"Presto, scappate tutti. La cosa più sicura è lasciare quest'uomo rinchiuso qui dentro e scappare. Se muore nell'esplosione se l'è voluto lui, no? Presto, scappate!".

"Restano quattro minuti," disse Hanio, rimettendosi tranquillamente a sedere. Posò la scatola nera sul tavolo davanti a sé, stando attento però a tenervi sopra la mano.

"Se ve ne andate tutti, non premerò subito questo pulsante. Aspetterò quattro minuti e morirò con l'esplosione allo scadere del tempo. Userò questi quattro minuti da solo per ricordare la mia vita. Se non scappate il più lontano possibile vi farete male sul serio. Anche se non so quanto potete andare lontano in quattro minuti, anzi tre."

Il rumore di scarpe di uno che scivolava e stava per cadere diede il via a una ritirata scomposta degli uomini che scapparono dalla porta aperta un attimo prima dal vecchio.

Hanio li vide allontanarsi, quindi con calma si alzò, andò a chiudere la porta, si diresse verso un'altra porta e, dopo aver controllato che non fosse chiusa a chiave, la aprì leggermente e vi si infilò, quindi salì una scala più veloce che poteva, e poi corse con tutta la forza che aveva nelle gambe.

55.

Si sentiva abbastanza sicuro che non gli avrebbero sparato una raffica di colpi alle spalle: non si sarebbero esposti fino a quel punto.

Attraversò in diagonale il giardino, facendosi strada tra gli alberi, scavalcò con un balzo il recinto e si ritrovò in cima a un precipizio, e da lì scivolò giù a rotta di collo. Durante quella rapida discesa intravide confusamente una zona fitta di luci, e anche se attorno era tutto buio capì che giù in basso, alla fine del precipizio, c'era una città. Quella casa non era quindi in un luogo isolato e remoto tra le montagne.

Arrivato giù, si mise di nuovo a correre con il corpo pieno di ferite, gridando:

"Aiuto! Dov'è una stazione di polizia?".

Poiché aveva ancora le mani legate, nel correre faticava a mantenere l'equilibrio. Un passante, che stava per urtare, si scansò in fretta, guardandolo freddamente.

Finalmente qualcuno gli disse:

"Un posto di polizia è lì, girato a destra".

Entrato in quella piccola stazione di polizia, Hanio crollò a terra, e per l'affanno non riuscì a parlare. L'unico agente, un poliziotto di mezza età, lo guardò stupito.

"E lei da dove spunta? Ma che, ha le mani legate? Ed è anche ferito..." gli chiese, con una certa indifferenza.

"Qui... dove siamo?"

"A Ōme," rispose il poliziotto, senza interrompere il lavoro che stava facendo.

"Acqua... per favore mi dia dell'acqua."

"Acqua? Aspetti un momento."

Il poliziotto ancora non accennava a interrompere il suo lavoro, e continuò a voltare le pagine di un registro. Poi, con tutta calma, posò la sua vecchia stilografica, chiuse bene il cappuccio, si alzò, lanciò una rapida occhiata a Hanio e andò a prendere l'acqua. Non dava segno di volerlo slegare.

Hanio, tenendo il bicchiere nel quale si rifletteva la lampada, ingoiò tutta l'acqua in un sorso. Gli sembrò che non potesse esserci niente di più buono al mondo.

L'agente guardava furtivamente le mani legate di Hanio. Forse preoccupato di ciò che questi avrebbe potuto fare una volta liberato, temporeggiava. Hanio, che conservava ancora un po' di lucidità, rinunciò a chiedergli di essere slegato. Si sarebbe lamentato dopo di questa negligenza, parlando con un suo superiore.

Invece proprio in quel momento il poliziotto, con atteggiamento sussiegoso, lo liberò dalla corda. Hanio capì di aver diffidato di lui più del necessario.

"Si può sapere che cosa le è successo?" chiese il poliziotto, col tono che si usa con un figlio rientrato a casa tardi la notte.

"Stavo per essere ucciso."

"Hmm, stavo per essere ucciso... stavo per essere ucciso," ripeté il poliziotto, che nel frattempo aveva tolto il cappuccio alla stilografica con aria infastidita e, presi dal cassetto dei fogli di carta, aveva cominciato, con molta lentezza, a scrivere. Pareva che ogni gesto gli costasse fatica.

Hanio, dopo aver risposto alle domande, era insoddisfatto per lo scarso interesse mostrato dal poliziotto alle sue dichiarazioni, ma quando lo udì prendere il telefono per chiamare la sede centrale della polizia, si sentì sollevato. Intanto aveva cominciato ad avvertire un forte dolore al ginocchio, che doveva avere urtato contro qualcosa mentre scivolava giù dal precipizio. Infilò la mano sotto i pantaloni e si accorse che il sangue si era coagulato diventando una specie di colla. Le persone che dovevano venire a prenderlo dalla Centrale di polizia tardavano. Nell'attesa il poliziotto gli offrì tè e sigarette, e invece di ascoltare Hanio, preferì parlargli di suo figlio.

"Il ragazzo studia all'Università N. Per mia fortuna non è entrato in gruppi tipo Zengakuren, ma la sera invece di studiare invita a casa gli amici e giocano a mahjong. Sono veramente stufo. Se mia moglie gli dice 'Visto che fai il fannullone dalla mattina alla sera, tanto vale che te ne vada in strada a fare le manifestazioni di protesta con l'elmetto e il bastone', lui subito pronto le risponde: 'Se è questo che vuoi, mamma, bene, da domani è quello che farò'. Ha la faccia tosta di ricattarci. Mia moglie a quel punto resta zitta. I ragazzi di oggi sono più furbi di noi. Ma malgrado tutto, se penso che sono riuscito a mandare mio figlio all'università e a fare il mio dovere di genitore, mi sento a posto con me stesso."

Dopo un po' Hanio vide il fanale anteriore di una bicicletta che si avvicinava senza fretta. Era un giovane poliziotto venuto a prenderlo.

"È lui," disse l'agente, indicando Hanio.

"Lo porto via," disse il giovane poliziotto senza cerimonie.

Il giovane poliziotto, che spingeva la sua bicicletta, non badava a Hanio; quindi era lui a doversi guardare attorno mentre attraversavano la strada piena di negozi di sera. Da un negozio di dischi si sentiva una musica *group sounds* sparata a tutto volume. Hanio camminava trascinandosi la gamba dolorante e combattendo le vertigini che ogni tanto lo assalivano.

Arrivato alla Centrale, fu accolto da un ispettore sui quarant'anni, in una giacca dal taglio scadente, che gli disse: "Benvenuto", il che gli suonò strano come saluto.

"Vorrei prendere la sua deposizione. Prego, di qua."

L'uomo doveva aver finito di cenare da poco perché si stuzzicava di continuo i denti con uno stecchino. Il pensiero di mangiare attraversò la mente di Hanio, ma in realtà non aveva nessuna fame.

"Si metta pure comodo. Allora, per prima cosa mi dia nome, cognome e indirizzo."

"Al momento non ho un indirizzo fisso."

"Ah," fece l'ispettore, lanciando a Hanio un'occhiata di disapprovazione. Il modo di rivolgersi a lui cominciò a cambiare.

"E mi dicono che aveva le mani legate."

"Esatto."

"Volendo, se si usano i denti, uno le mani se le può legare anche da solo."

"Sta scherzando? Poco fa ho rischiato di finire ucciso."

"Povero lei, allora. E poi mi dicono che è venuto giù scendendo dall'alto. Sarebbe da dove?"

"Da una casa che si trovava in cima a un precipizio."

"Stiamo parlando del precipizio che si trova a nord della città?"

"Non so se fosse a nord o a sud."

"In quella zona c'è un prestigioso quartiere residenziale, dove si trova tra l'altro la villa del presidente delle industrie K. Non sa dirmi quale casa era?"

"Non sono nemmeno riuscito a vedere la targa all'ingresso."

"Su questo torneremo dopo. Intanto provi a raccontarmi in breve cosa è accaduto."

Da quel momento iniziò una lunga fase in cui Hanio dovette fare ricorso a tutta la sua pazienza.

Ogni volta che il ritmo del suo racconto si faceva più in-

tenso, l'ispettore alzava la mano, invitandolo a parlare più lentamente.
"ACS? E cosa sarebbe?"
"Asia Confidential Service."
"Asia Confidential Service?" ripeté l'ispettore scandendo ogni sillaba. "E che roba è? Una società petrolifera o cosa?"
"Un'associazione dedita al contrabbando e all'assassinio."
"Però..."
Un sorrisetto ironico aleggiò sul viso dell'ispettore.
"Su quali prove si basa la sua affermazione?"
"L'ho visto con i miei occhi."
"Ha assistito a un omicidio?"
"No, non esattamente."
"Se non l'ha visto come può affermare una cosa del genere?"
"Si ricorda il caso di quella donna di nome Kishi Ruriko il cui cadavere è stato trovato nel fiume Sumida? Era la mia donna."
"Kishi Ruriko? Kishi scritto come?"
"Come il nome del ministro Kishi."
"Ah sì, mi ricordo. Una bella donna. È stata ritrovata completamente nuda, mi pare."
"Credo di sì."
"Anche questo non l'ha visto con i suoi occhi?"
"Nuda l'ho vista, naturalmente."
"Quindi avevate un rapporto, diciamo, fisico?"
"Che importanza ha questo? Lei è stata uccisa dall'ACS."
"Senta un po', lei," disse l'ispettore, guardando dritto in faccia Hanio. Aveva cambiato di colpo tono e assunto un'espressione più professionale. "Continua a parlare di questo ACS, ma che prova può dare che esista veramente? Io sto raccogliendo la sua dichiarazione perché non ho niente di meglio da fare. Lei tira fuori questo ACS che non ho mai sentito nominare, e si sforza di farlo passare per vero, ma il mio

intuito, sviluppato in tanti anni di lavoro, mi dice che è tutta una balla. La polizia non è un posto dove si vengono a raccontare le proprie fantasie. Forse lei ha letto troppi stupidi gialli, ma se insiste con questa storia posso anche denunciarla per oltraggio a pubblico ufficiale."

"Dica pure quello che vuole. Non credo che in una stazione di polizia di paese come questa siate in grado di capire. Mi porti alla Questura di Tōkyō. Lì parlerò con qualche funzionario all'altezza."

"Mi scusi se sono un povero ispettore di provincia, ma si dà il caso che persone di basso grado come me abbiano capacità di intuizione superiori a quelle dei personaggi più autorevoli. E poi parla di polizia di provincia lei, un senza fissa dimora. Da dove vengono queste sue arie?"

"Se uno non ha un indirizzo permanente per voi è automaticamente sospetto?"

"Ovvio," disse l'ispettore, addolcendo però un po' il tono, forse perché temeva di avere detto troppo. "Le persone normali hanno tutte famiglia e fanno ogni sforzo per provvedere a moglie e figli. Dovrebbe rendersi conto che uno come lei, che alla sua età è ancora scapolo e non ha una casa, non dà il minimo affidamento dal punto di vista sociale."

"Mi sta dicendo che le persone devono avere tutte un indirizzo ufficiale, una famiglia, moglie e figli e un'occupazione?"

"Non sono io che lo dico. È il mondo."

"Per lei le persone che non hanno questi requisiti sono la feccia dell'umanità?"

"Purtroppo temo proprio di sì. Uomini soli che si lasciano andare a fantasie assurde corrono alla polizia e sporgono denunce per danni. Persone così non sono rare. Se pensa di essere l'unico si sbaglia di grosso."

"Davvero? Se è così, mi riservi pure un trattamento da criminale. Ho svolto un'attività immorale: avevo messo in vendita la mia vita."

"La vita, eh? Be', dev'essere stato un lavoro faticoso. Ma se voleva vendere la sua vita, la cosa non riguarda noi. Non è proibito dal Codice penale. A commettere reato è chi compra la vita di un altro e la usa per intenti dolosi. Uno che vende la propria vita non è un criminale. Solo feccia umana e nient'altro."

Una sensazione di freddo attraversò il petto di Hanio. Pensò che doveva cambiare atteggiamento e ottenere il sostegno dell'ispettore.

"Ho un favore da chiederle. La prego, mi faccia stare in guardina, almeno per qualche giorno. Mi protegga. Ci sono persone che vogliono farmi fuori. Se esco di qui mi uccideranno, è sicuro. Mi ascolti, la prego."

"Non è possibile. La polizia non è un albergo. Dimentichi piuttosto questa assurda fantasia dell'ACS."

L'ispettore mandò giù il resto del tè ormai freddo, si girò di lato e non aggiunse altro.

Hanio provò ancora a supplicare, con il pianto nella voce, ma il poliziotto non gli diede il minimo ascolto. Alla fine fu buttato fuori.

Era solo. Fuori dalla stazione di polizia c'era solo un bellissimo cielo stellato e, in fondo a un vicolo buio, due o tre lanterne rosse che oscillavano davanti alla porta di un'osteria frequentata dai poliziotti. La notte si incollò al petto di Hanio e al suo viso, aderendovi completamente, fino a dargli un senso di soffocamento.

Non avendo la forza di scendere i due o tre gradini di pietra davanti all'ingresso della stazione di polizia, Hanio alla fine si sedette lì. Tirò fuori dalla tasca dei pantaloni una sigaretta un po' incurvata e l'accese. Sentiva un nodo alla gola: aveva voglia di piangere. Sollevò lo sguardo verso il cielo stellato e quel balulinio di luci sfumò fondendosi in un'unica stella.

Glossario

futon: l'insieme di materasso e trapunta che costituisce il "letto" giapponese tradizionale. Si stende direttamente sul pavimento e di giorno viene piegato e riposto negli appositi armadi.

group sounds: (giapp. *gurūpu saunzu*) il termine si riferisce a una serie di gruppi musicali che emersero in Giappone nella seconda metà degli anni sessanta, caratterizzati dall'uso di strumenti elettrici e da sonorità pop-rock. Il genere *group sounds* è rappresentato da molte band la cui formazione fu influenzata da gruppi inglesi e americani come i Beatles, i Rolling Stones, i Ventures e altri.

hiragana: uno dei due alfabeti sillabici che insieme ai *kanji* (sinogrammi) formano il sistema di scrittura giapponese. Lo *hiragana* deriva da una semplificazione della forma corsiva dei *kanji*.

keyaki: *Zelkova serrata*. Grande albero delle ulmacee, diffuso soprattutto nelle zone montane, ha foglie cuspidate e piccoli fiori di colore giallo pallido.

li: (cinese; giapp. *ri*) unità di misura cinese, adottata sin dall'antichità dal Giappone nel sistema tradizionale di unità di misura. Il suo valore è mutato in modo considerevole nelle varie epoche. L'attuale corrispondenza con il sistema metrico decimale è di 3,927 km.

Meiji (era): (1868-1912): periodo corrispondente al regno dell'imperatore Mutsuhito (nome postumo: Meiji), caratterizzato fra l'altro da un processo di modernizzazione ispirato a modelli occidentali, dalla creazione di una monarchia costituzionale e dall'affermazione del Giappone come una delle principali potenze mondiali.

pachinko: passatempo assai diffuso in Giappone che consiste nel lanciare biglie di acciaio all'interno di un circuito, tentando di provocare la caduta di ulteriori biglie, che diventano patrimonio di chi gioca. Le biglie conquistate possono essere sostituite con premi, a loro volta spesso convertibili in soldi, anche se in teoria il gioco non dovrebbe permettere vincite in denaro.

ryokan: albergo di stile tradizionale giapponese.

shōji: pannelli scorrevoli di carta traslucida su un'intelaiatura di legno che possono fungere sia da porte che da porte-finestre.

Tanabata: festa che si tiene ogni anno il 7 luglio (ma la data può variare a seconda delle regioni), ispirata a una leggenda di origine cinese secondo cui la notte del settimo giorno del settimo mese del calendario lunare, per l'unica volta nell'anno la costellazione del Mandriano può attraversare la Via Lattea per incontrare quella della Tessitrice.

tatami: unità base del pavimento giapponese tradizionale, di misura standard (90 x 180 cm circa) composta da una stuoia di paglia fissata su una cornice di legno e ornata da un bordo di passamaneria.

tokonoma: rientranza ricavata in un muro delle case in stile tradizionale, dedicata all'esposizione di pochi oggetti selezionati: una pittura o una calligrafia su rotolo, una composizione floreale, un brucia incenso ecc. L'organizzazione del *tokonoma* è profondamente influenzata dall'estetica sviluppatasi intorno alla cerimonia del tè.

tsukemono: verdure in salamoia, componente essenziale di

ogni pasto giapponese, si mangiano in genere insieme al riso bianco cotto al vapore.

yakuza: la criminalità organizzata giapponese, divisa in gruppi dalla struttura fortemente gerarchica. Le attività della *yakuza* vanno dalla imposizione di tributi ai commercianti al traffico di droga, allo sfruttamento della prostituzione. Le loro ramificazioni arrivano anche negli ambienti dello sport, dello spettacolo e in quelli della politica e dell'alta finanza.

Zengakuren: abbreviazione di Zen Nihon gakusei jichigai sōrengō (Federazione di associazioni di studenti di autogoverno studentesco del Giappone), fondato nel 1948 e che partecipò attivamente a numerosi movimenti di protesta, soprattutto nel corso degli anni sessanta. Le divisioni interne portarono all'esistenza di diverse fazioni, alcune delle quali continuarono a rivendicare, in contrasto con altre, l'uso del nome Zengakuren.

Postfazione
di Giorgio Amitrano

Vita in vendita (*Inochi urimasu*) di Mishima Yukio ha una storia editoriale insolita. Uscito inizialmente a puntate sul settimanale "Shūkan pureibōi" ("Playboy Weekly") tra il maggio e l'ottobre del 1968, fu pubblicato in volume nel dicembre dello stesso anno, senza attirare particolare attenzione. Del resto, questo blando riscontro ne allineava il destino a quello di altri romanzi minori di Mishima, che l'autore scriveva per riviste commerciali e che venivano consumati e dimenticati in fretta. Era una pratica abbastanza comune in Giappone per gli scrittori di fama dividere la propria attività tra le opere di *jun bungaku*, letteratura "alta", a cui dovevano il loro prestigio, e quelle popolari, *tsūzoku shōsetsu*, che garantivano guadagni facili e sicuri. Mishima, come il suo mentore Kawabata, si dedicava volentieri alla stesura di questi romanzi, che scriveva con grande rapidità. Ad allettarlo non era solo il riscontro economico, ma il fatto che venivano spesso adattati per il cinema, allargando la sua popolarità a un pubblico più vasto. Inoltre, dedicarsi a romanzi "commerciali", ignorati dai critici, gli concedeva una gradita evasione dai problemi di stile.

Nel 1998 *Vita in vendita* venne riproposto in edizione tascabile, ma anche questa volta senza particolare fortuna. Poi, nel 2015, tutt'a un tratto incominciò a vendere migliaia di copie – settantamila in due settimane – diventando un bestseller postumo che colse di sorpresa il mondo dell'editoria. Il libro mantenne la sua posizione tra i più venduti in Giappone per due anni consecutivi, tuttora viene continuamente ristampato ed è ormai avviato a diventare un long-seller. Le ragioni di questo successo tardivo rimangono misteriose. L'interesse non era stato stimolato da un lancio pubblicitario, né da un adattamento cinematografico o televisivo, che furono realizzati solo in seguito. Il boom era certamente dovuto a un passaparola tra i lettori, ma nessuno sapeva quale fosse la scintilla che lo aveva acceso. La mia ipotesi è che il romanzo, nella sua stravaganza, e nel suo spregiudicato assemblaggio di generi (romanzo spionistico, d'avventura, hard boiled, erotico, pulp) sia più adatto a una sensibilità postmoderna che a quella di fine anni sessanta. Un gusto per il pastiche, insolito in Mishima e di difficile comprensione nell'epoca in cui era stato pubblicato, lo mette in sintonia con il presente.

Ma a parte i problemi della sua ricezione, *Vita in vendita* è interessante per la posizione eccentrica che occupa all'interno della produzione letteraria dell'autore e per la distanza che lo separa da altre opere coeve. Infatti, nello stesso 1968, Mishima consegna gli ultimi capitoli di *A briglia sciolta* (*Honba*), secondo volume della tetralogia *Il mare della fertilità*, e inizia la stesura del terzo, *Il tempio dell'alba* (*Akatsuki no tera*), scrive il dramma *Il mio amico Hitler* (*Wagatomo Hittorā*), la serie di saggi *Cos'è il romanzo* (*Shōsetsu to wa nani ka*) e una prefazione al libro fotografico *Naked Festival* (*Hadaka matsuri*) di Yatō Tamotsu, per citare solo alcune delle principali espressioni di una stagione particolarmente creativa, ricca anche di articoli e interventi a tutto campo, apparizioni pubbliche, allestimenti e regie teatrali, pose per servizi fotografici. Ed è in questo anno che Mishima presenta ufficialmente il Tatenokai (Società degli scudi), la formazione paramilitare da lui fondata.

Sebbene *Vita in vendita* risalti per la sua singolarità fra tutte le opere di Mishima, particolarmente forte è il contrasto con *A briglia sciolta*. Anche chi è abituato all'eclettismo dello scrittore, non può non rimanere sorpreso dal fatto che negli stessi mesi in cui scriveva *Vita in vendita*, definito dallo studioso Stephen Dodd "trashy, kitsch, shallow and sexy",[*] stesse lavorando con *A briglia sciolta* a un'opera rigorosa e severa, costruita intorno a un protagonista, Isao, del tutto privo di sfaccettature, devoto all'imperatore e impregnato di fede nazionalista. Ma a dominare la mente di Isao, più ancora degli ideali che ne guidano le azioni, è una irresistibile vocazione al suicidio. Per lui il pensiero di uccidersi su una scogliera a picco su un mare scintillante, sotto un nobile pino, di fronte al sole che sorge, è un'inesauribile fonte di estasi.

Ad accomunare queste due opere, che sembrano procedere in direzioni opposte, è il tema della tensione verso la morte che, presente in Mishima sin dagli esordi, nei suoi ultimi anni di vita invade in modo sempre più perentorio la scena. È una tensione che in entrambi i romanzi è rivolta al suicidio, ma con un'importante differenza: *A briglia sciolta* si conclude con un *seppuku* che è la realizzazione di un desiderio a lungo inseguito, mentre *Vita in vendita* ha inizio con il tentativo fallito di uccidersi del protagonista, ed è questo suicidio mancato a mettere in moto il congegno narrativo. Un'altra marcata differenza sta nel fatto che Isao esprime una fede assoluta nei propri ideali, mentre Hanio, protagonista di *Vita in vendita*, non ha alcuna velleità eroica: egli converte il suo iniziale impulso di morte in un gioco nichilista che, anziché ucciderlo, ottiene l'effetto paradossale di pro-

---

[*] Stephen Dodd, *The pleasure of dark places: Heterotopia in Mishima Yukio's Inochi urimasu (Life for sale)*, "Japan Forum", 10.1080/09555803.2020.1791229, p. 10.

lungare indefinitamente la sua vita. Alla solennità della morte eroica di Isao, Mishima contrappone l'atteggiamento derisorio di Hanio verso la propria esistenza, che egli considera assurda perché priva di qualsiasi significato. Ancora, mentre in *A briglia sciolta* Mishima elimina ogni elemento dialettico che possa turbare la compattezza dell'opera, che pare infatti scavata in un unico blocco di marmo, in *Vita in vendita* opta per un happening narrativo, in cui il protagonista, cinico e disincantato, affronta pericoli, conquista donne e sfida vittoriosamente i nemici. Ma forse la caratteristica più curiosa di Hanio, che ne fa un personaggio anomalo nel repertorio di Mishima, sono le sue bizzarrie. Cena con un topo di peluche, chiede a un cliente, dopo la sua morte, di comprare un gatto e di gettargli il latte sul muso con una pala, e altre stravaganze del genere.

La concatenazione di eventi che in alcuni casi sfiorano il surreale mette talvolta in crisi la "sospensione di incredulità" del lettore, e tuttavia è difficile resistere al ritmo trascinante della narrazione, soffusa anche da una vena di umorismo nero, insolita in Mishima. Ma cosa aveva da dire l'autore stesso, riguardo a questa sua impresa letteraria? Ecco le parole con cui la presenta ai lettori di "Shūkan pureibōi":

> Sin da tempi lontani si discute se sia meglio che il protagonista di un romanzo sia una persona energica e dotata di una volontà forte, o uno dalla personalità meno definita, che preferisce affidarsi al corso degli eventi. Se ci si concentra su un personaggio del primo tipo il flusso della narrazione risulta limitato, mentre se si opta per il secondo si corre il rischio di produrre un'opera inconsistente. Tuttavia, questa volta la mia intenzione era quella di concentrarmi su un protagonista del secondo tipo. Mi chiedo, per usare un termine oggi alla moda, se questo

non possa essere definito "un romanzo d'avventure psichedelico".*

Non c'è dubbio che Mishima abbia realizzato appieno l'obiettivo espresso in questa sua dichiarazione. Quando Hanio, sopravvissuto suo malgrado al tentato suicidio, pubblica un annuncio in cui offre la sua vita al migliore offerente, affida *volontariamente* la propria vita alla *volontà* di altri. Ciò non solo lo esime dall'obbligo di eseguire una seconda volta il rituale già fallito del suicidio, ma lo solleva anche dal peso delle proprie responsabilità nei confronti della società e del mondo. Aver affidato ad altri il proprio destino è per Hanio una fonte di gioia ed egli si muove, tra i pericoli che lo minacciano, con un senso di euforia per la conquistata libertà: libertà non solo dalle convenzioni ma anche dall'attaccamento alla vita e dalla paura della morte. Mishima costruisce la trama con abilità e somministra i colpi di scena come un consumato scrittore di libri di intrattenimento, ma il maggior motivo di interesse non risiede in questa confezione ricca di estro bensì nella vena nichilista che percorre il romanzo sotto la superficie di una narrazione fantasiosa e brillante. Una vena che è evidente all'inizio quando Hanio, in una visione allucinatoria, osserva i caratteri di stampa di un quotidiano trasformarsi in scarafaggi e di colpo percepisce la mancanza di significato della realtà, ma che sembra poi sparire man mano che la trama si fa più densa. In realtà però questa dimensione è sempre presente, anche se lo scrittore la dissimula, probabilmente per non deludere i gusti dei lettori a cui è rivolta la rivista, maschi dall'età media tra i venti e i quaranta anni, molti dei quali probabilmente si accostavano per la prima volta a un'opera

---

* Mishima Yukio, cit. in *Mishima Yukio jiten*, a cura di Matsumoto Tōru et al., Bensei shuppan, Tōkyō 2000, p. 27.

di Mishima, tra manga e foto sexy di donne in abiti succinti. "Shūkan pureibōi", pur non essendo la versione giapponese del famoso "Playboy" americano, proponeva una simile miscela di foto erotiche e articoli di costume e attualità.

Interessante è anche scoprire quali e quante esperienze, vissute da Mishima nello stesso periodo, uno dei più intensi della sua febbrile esistenza, siano confluiti nella creazione del romanzo. Prendiamo per esempio il subplot spionistico che vede Hanio ingaggiato da misteriosi personaggi per conto dell'ambasciata di un Paese non meglio identificato, e che fa pensare a una parodia dei romanzi di Ian Fleming con James Bond protagonista. Questo sviluppo della trama, tutt'altro che tipicamente mishimiano, non appare estraneo alla frequentazione dello scrittore, a partire dal 1967, con Yamamoto Kiyokatsu, ex militare e importante figura dell'intelligence giapponese. Yamamoto simpatizzò con il progetto di Mishima di creare un "corpo di difesa nazionale" (*sokoku bōeitai*), progetto che poi si realizzò nella forma del già citato Tatenokai. Yamamoto, che nelle fasi fondative del Tatenokai, quando il gruppo non aveva ancora assunto questo nome, diede anche lezioni sullo spionaggio e il controspionaggio agli accoliti di Mishima, fu certamente una figura chiave nel fornire allo scrittore informazioni che egli seppe utilizzare come base per alcuni episodi del romanzo. Seppure nella deformazione della fiction, questi passaggi rivelano una familiarità dello scrittore con l'argomento, che non deriva solo dalla lettura di spy story.

Anche il tema del vampirismo, spunto per uno degli episodi più suggestivi del libro, non è casuale, ma legato a una serie di interessi che accomunavano Mishima all'amico Shibusawa Tatsuhiko, esperto di letteratura francese nonché studioso di erotismo, deviazioni sessuali e demonologia medievale, dallo spiccato gusto per il grottesco e il surreale. L'opera teatrale di Mishima *Madame de Sade* (*Sado kōshaku fujin*) è basata in gran parte sulla biografia di Sade curata da Shibusawa.* Mishima fu tra i collaboratori della raffinata rivista "Chi to bara" ("Le sang et la rose"), diretta da Shibusawa, che in copertina recava, in francese, la seguente dicitura: "Revue de Érotologie, Homosexualité, Sadisme, Mascochisme, Fétichisme, Narcissisme, Infantilisme, Magie, Occultisme, Humour noir, Complexe, Psychisme", resa in giapponese più sinteticamente con "Rivista di studi di erotismo e crudeltà".

Mishima partecipò attivamente alla creazione del periodico ed è tra i protagonisti del primo numero (ottobre 1968), con un articolo dal titolo in inglese *All Japanese are perverse*, e con due foto in cui posa come modello all'interno di un servizio dal titolo bilingue franco-giapponese *Les morts masculines. Otoko no shi*. La foto di apertura è una celebre immagine di Mishima ritratto nella posa del San Sebastiano di Guido Reni. La seconda lo ritrae disteso su una scogliera, il corpo nudo battuto dalle onde, e la didascalia recita *Morte per annegamento*. Fu lo stesso Mishima a proporre il servizio fotografico e il titolo della sezione.

La rivista "Chi to bara", nata sotto il nume tutelare di Georges Bataille che vi è spesso citato, ebbe vita breve: solo quattro numeri, ma lasciò il segno per la sapiente miscela di raffinatezza e trasgressione e per le firme prestigiose che essa riunì. Il primo numero conteneva un'ampia sezione sul vampirismo con un articolo del critico Tanemura Suehiro e illustrazioni di vari artisti. Il titolo stesso era un'allusione ai vampiri, per il richiamo al film *Et mourir de plaisir* (*Il sangue e la rosa*) del 1960 di Roger Vadim, horror erotico ispirato al racconto di Sheridan Le Fanu *Carmilla* e distribuito in Giappone con il titolo *Chi to bara*. Se sono state la frequentazione

---

* Su Shibusawa Tatsuhiko cfr. Maria Teresa Orsi, Fabio Tana, *La neve di Yuzawa. Immagini dal Giappone*, Einaudi, Torino 2021, pp. 80-90.

con Shibusawa e la partecipazione alla rivista ad alimentare l'interesse di Mishima per i vampiri, il suo trattamento del tema è del tutto personale e mostra una notevole originalità. La vampira è una signora borghese che, al primo incontro con Hanio, lo intrattiene con discorsi improntati al più vieto conformismo, prima di aprirgli con la massima disinvoltura la vena per succhiargli il sangue. Più avanti nel racconto la vediamo passeggiare con Hanio, che tiene legato a una catenina d'oro, a sottolinearne la dipendenza a lei. Dodd nota come l'abito in pelle della donna evidenzi l'aspetto sadomasochistico del rapporto, nel quale Hanio assume di buon grado il ruolo passivo.[*]

Ancora una volta è fonte di stupore la capacità di Mishima di coltivare in contemporanea interessi tanto divergenti da risultare quasi incompatibili. Come la stesura di *Vita in vendita* procedeva parallela a quella di *A briglia sciolta*, così negli stessi mesi in cui Mishima metteva a punto gli ultimi dettagli dell'organizzazione paramilitare Tatenokai, ispirata a una visione della virilità asciutta e marziale, collaborava attivamente a una rivista che rappresentava un erotismo decadente e morboso.

Al versante erotico appartiene anche il riferimento a *Le mille e una notte*, opera che aveva catturato la sua immaginazione sin da bambino, come lui stesso racconta.

> Scoprii per la prima volta la parola "piacere" da bambino, leggendo una versione per l'infanzia de *Le mille e una notte*. Ne rimasi ossessionato. Alludeva a fastosi banchetti, a donne, a cibi prelibati, a bevande inebrianti, tutte cose proibite ai bambini. E inoltre i personaggi di quelle

---

[*] Stephen Dodd, *op. cit.*, p. 14.

storie erano pronti a sacrificare persino la vita pur di raggiungere il piacere.*

Appena due anni prima di scrivere *Vita in vendita*, Mishima aveva curato un adattamento de *Le mille e una notte* dal titolo *Arabian naito* (*Arabian Nights*), andato in scena al teatro Nissei di Tōkyō con lui stesso nel ruolo dello "schiavo del poeta". L'episodio citato nel romanzo riprende fedelmente la storia del primo qarandal da *Le mille e una notte*, e non sorprende che la scelta sia caduta su questo racconto, particolarmente vicino alla sensibilità dello scrittore per il suo binomio di Eros e Thanatos. Reiko, una delle donne con cui Hanio intrattiene una relazione, mostra a Hanio un'edizione illustrata dell'opera raffigurante la coppia incestuosa di fratello e sorella, che si chiudono in una tomba per immergersi nell'estasi del piacere e, puniti dal fuoco divino, muoiono arsi vivi. Come i due sensuali peccatori, Reiko, che ha arredato la sua casa a guisa di tomba principesca, vorrebbe morirvi con Hanio, e tenta di avvelenarlo. Tuttavia Hanio, che pure ha sempre cercato la morte, si rifiuta di piegare la propria tensione di morte ai disegni di Reiko, della quale scopre una inattesa tendenza manipolatrice e perfino, dietro l'apparenza di ribellione hippy, un'anima conformista e borghese.

Nel rifiutarsi di morire per Reiko, e poi nel tentare con tutti i mezzi di sfuggire ai membri di un'organizzazione criminale che vuole ucciderlo, esplode la contraddizione di Hanio, un uomo che vuole vendere la sua vita ma solo alle proprie condizioni. Hanio vuole morire per realizzare le proprie fantasie, non per assecondare quelle di altri. E così nel suo desiderio di morte si affaccia, inaspettatamente, la pau-

---

* Mishima Yukio, *Lezioni spirituali per giovani samurai*, traduzione di Lydia Origlia, SE Studio Editoriale, Milano 1987, p. 34.

ra. "Lei è uno specialista della fuga," commenta il capo dell'organizzazione che, scambiandolo per un agente di polizia, vuole ucciderlo. "Dice che vuole vendere la sua vita, ma non ho mai visto qualcuno difenderla così tenacemente."

Una dialettica irrisolta tra paura e desiderio affiora costantemente nelle forme con cui Mishima ha rappresentato la morte nel corso della sua carriera, non solo di scrittore ma di artista multiforme. In alcuni casi l'aspetto celebrativo e retorico sovrasta ogni umano timore. Nel racconto *Patriottismo (Yūkoku)*, del 1961, e nella sua versione cinematografica (1965), il giovane tenente Takeyama sceglie il suicidio come gesto di ritualizzata lealtà verso i suoi commilitoni, seguito senza alcuna incertezza da una moglie che crede al pari di lui in quegli ideali. Eppure, come in *A briglia sciolta*, una fascinazione erotica per la morte sembra sovrastare ogni ideale o visione politica.

A esprimere con forza un rapporto osmotico tra eros e morte è soprattutto l'opera più "maledetta" di Mishima, quella che ancora non ha visto pienamente la luce, almeno non nella forma del suo progetto originario, nemmeno a cinquant'anni dalla sua morte. Si tratta di *Otoko no shi* (*La morte di un uomo*), album fotografico ideato e orchestrato dallo stesso Mishima. Se nel caso di un progetto fotografico precedente, *Barakei (Ordeal by Roses)*, si era prestato come docile modello alle indicazioni di Hosoe Eikō, qui è modello attivo e *metteur en scène*, con il fotografo Shinoyama Kishin pronto ad assecondare, in una posizione neutrale, le sue direttive. Il libro, una serie di rappresentazioni della morte, avrebbe dovuto essere pubblicato nel 1971, ma dopo il suicidio dello scrittore, Shinoyama non ebbe il coraggio di dare alle stampe le foto violente e compiaciute in cui Mishima rappresentava la propria morte attraverso immagini che la moltiplicano in una serie di variazioni. Egli appare non solo nelle vesti di un samurai, il che sarebbe stato facilmente prevedibile, ma come marinaio, operaio, pescivendolo, ginnasta, motociclista, in ognuna di queste versioni cristallizzato nella fissità mortuaria. Di tante fotografie che rappresentano la morte con compiacimento sconcertante, furono all'epoca rese note solo le due apparse sulla rivista "Chi to bara" nel già citato servizio dal titolo *Les morts masculines* e pochissime altre. Nel 2020, a cinquant'anni dalla morte, *Otoko no shi* è stato infine pubblicato, ma solo negli Stati Uniti, e in una versione incompleta, integrata con foto del Tatenokai. La ragione di questo pudore è comprensibile. Il libro, nell'esaltazione narcisistica del corpo di Mishima, da lui stesso più volte esibito come simbolo della sua metamorfosi da gracile intellettuale a uomo d'azione, celebra qui la definitiva vittoria di un erotismo della morte sulla purezza di un'ideologia guerriera ed eroica. Si tratta di immagini che gettano una luce diversa sul gesto con cui, il 25 novembre del 1970, Mishima pose fine alla sua vicenda terrena. Quel giorno, insieme a quattro membri del Tatenokai, si introdusse nella sede delle Forze di autodifesa del Giappone, insieme a loro catturò il generale e, pronunciando dal balcone un'arringa, tentò di convincere i militari a insorgere con lui in nome dell'imperatore e dei valori tradizionali del Giappone e contro la democrazia imposta dagli Stati Uniti. Di fronte alla reazione dei militari, che risposero al suo proclama con urli e insulti, tornò all'interno e commise il *seppuku*. Dopo di lui, come già pianificato, anche il suo luogotenente Morita si suicidò allo stesso modo.

Eppure, nonostante la volontà di morte, il filo dell'attaccamento alla vita ha impiegato quarantacinque anni per spezzarsi, protetto forse dalla paura. Pur conoscendo l'importanza di tenere separati autore e opera, è difficile non vedere quel filo scomparire nella vita di Mishima e vederlo riaffiorare nei libri, e viceversa. Questo filo appare saldo nel finale de *Il padiglione d'oro* (*Kinkakuji*) quando il narratore Mizoguchi, attrezzato con medicinali e coltello per uccidersi, e pronto anche a gettarsi nel fuoco dell'incendio da lui appiccato al tempio, si sente improvvisamente spinto a una via di fuga verso la salvezza, e la volontà di vivere si risveglia in lui.

Vi è un'altra opera che può aiutare a mettere a fuoco le contraddizioni di Mishima riguardo alla morte. Si tratta di un film che, come *Vita in vendita*, dietro l'apparenza di un prodotto di genere, contiene chiavi interpretative interessanti. Mi riferisco a *Karakkaze yarō* (*Tough Guy*) di Masumura Yasuzō. Il film non è diretto né scritto da Mishima, che ne è solo l'interprete principale, eppure il suo coinvolgimento nel progetto è tale da consentirci di usarlo come valido materiale di indagine. Il termine *karakkaze*, che allude a un vento del Nord forte e secco, fa pensare a un personaggio duro e privo di sentimenti, ma il titolo con cui il film è generalmente conosciuto all'estero, *Afraid to Die*, coglie meglio la contraddizione intrinseca al personaggio, uno *yakuza* violento e apparentemente spietato, ma nel fondo sentimentale e con la paura di morire.

Prima di accettare questo ruolo, Mishima aveva ricevuto diverse offerte per interpretare un film da protagonista, ma le aveva rifiutate tutte, facendo presente che il suo desiderio era quello di interpretare la parte di uno *yakuza* in un film d'azione. Finalmente la casa di produzione Daiei gli propose un film che gli avrebbe permesso di realizzare la sua fantasia: Mishima avrebbe interpretato la parte di Takeo, un criminale sempre pronto a battersi, armato di pistola, vestito con giubbotto di pelle, a fianco di una star bella e affascinante come Wakao Ayako.

C'è qualcosa di ironico nel fatto che il film, pensato per esaudire i *desiderata* di Mishima, finisca per mettere in luce la fragilità del personaggio. Nonostante le sue arie da macho, Takeo tenta di tutto per sottrarsi alla morte, un atteggiamento in contrasto con la mitologia mishimiana dell'eroe sempre pronto a sacrificare la vita. E anche se il suo atteggiamento è provocatorio e rissoso, la maggiore violenza la mette in atto quando stupra una giovane donna, Yoshie (Wakao Ayako). Nemmeno il fatto di rapire la figlia di uno *yakuza* della banda rivale, una bambina di pochi anni, può definirsi un gesto da eroe. E quando alla fine Takeo muore, ucciso dalla banda rivale, ciò non accade in seguito a un duello onorevole ma per essere stato colto di sorpresa dai suoi nemici mentre era intento a compiere un piccolo gesto sentimentale.

Il rapporto di Mishima con la morte è uno degli aspetti più studiati e discussi della sua personalità e della sua opera, ed è stato analizzato in ogni dettaglio. Ma *Vita in vendita* offre, oltre agli elementi che ho già illustrato, un'ulteriore tessera da aggiungere a un mosaico particolarmente complesso.

Vi è un passaggio, nel romanzo, in cui Hanio si reca in visita dai genitori di Reiko. La serenità dei due anziani coniugi lo colpisce, e ha la sensazione che dal loro mondo "tutte le forze maligne del mondo attuale" siano state "rigorosamente bandite". Hanio, che ha fatto di tutto per accorciare i tempi della propria morte, di fronte a quella coppia che non ha nessuna fretta di morire, prova un senso di ammirato rispetto. "Marito e moglie intrecciavano i fili della loro morte con calma, prendendosi tutto il tempo necessario, come si lavora un maglione ai ferri, senza fretta, per prepararsi all'inverno che prima o poi arriverà."

Mishima, che scriveva queste frasi negli stessi mesi in cui inaugurava la serie di foto di *Otoko no shi* e organizzava il suo piccolo esercito, era consapevole che potesse esistere un modo diverso di "vivere la morte", ed esservi profonda bellezza in una quieta attesa del maturare delle stagioni. L'immagine degli anziani coniugi, nella cui dimora regnano sempre il fresco e la penombra, non è quindi priva di fascino per Mishima. Questo richiamo rimaneva tuttavia ovattato e lontano, incomparabile con la spinta fatale verso l'annientamento di sé. "Nel narcisismo maschile è necessaria un'azione che stimoli la pulsione di morte,"* aveva scritto. E questa azione aveva già cominciato a progettarla. La sua doveva essere un'uscita di scena epocale, capace di fermare il tempo e renderlo eterno.

In una sequenza di *Fino all'ultimo respiro* di Jean-Luc Godard, lo scrittore Parvulesco, interpretato da Jean-Pierre Melville, a una domanda dell'intervistatore che gli chiedeva quale fosse la sua massima aspirazione nella vita, rispondeva: "Diventare immortale... e poi morire".

Mishima non amava Godard, eppure questa battuta gli si attaglia perfettamente, descrivendo, forse ancora meglio di tante frasi da lui pronunciate, un'aspirazione che ha influenzato tutta la sua vita, e che a suo modo è infine riuscito a realizzare.

* Mishima Yukio, *Arano yori*, Shinchōsha, Tōkyō 1984, p. 77.

Indice

7 Avvertenza

237 Glossario

241 Postfazione *di Giorgio Amitrano*